Freibad

AF197694

Alles Digitale zu diesem Buch kann auf der Lernplattform
allango von Ernst Klett Sprachen abgerufen werden. So geht's:

QR-Code scannen	Buchtitel oder ISBN in	Zum Inhalt navigieren,
oder **www.allango.net**	der Suche eingeben und	direkt abrufen
aufrufen	auf das Buchcover klicken	oder speichern

Zu diesem Buch auf allango für Unterrichtende verfügbar: **Lösungen, Inhalts-
verzeichnis (auch editierbar), Glossar der französischen Wörter und Wendungen**

Ernst Klett Sprachen
Stuttgart

Schlau mit **blau**

Freibad
Ein ganzer Sommer unter dem Himmel

Will Gmehling

Dieses Buch gehört

_____

_____

Mehr Informationen zur Reihe „Schlau mit blau" finden Sie unter
www.klett-sprachen.de/schlau-mit-blau.

1. Auflage   7 | 2025

Autorin blaue Seiten: Stephanie Eikerling
Redaktion: Nicole Nolte
Reihenkonzept: Katrin Wilhelm
Layout: Sabine Kaufmann
Gestaltung und Satz: Joachim Schrimm, ETYPO, Friolzheim
Umschlaggestaltung: Sabine Kaufmann
Illustration Titelbild: Grit Döhnel, EXCUDO Mediengestaltung, Nürtingen,
    inspiriert von der Umschlagillustration der Originalausgabe von
    Birgit Schössow
Druck und Bindung: Salzland Druck GmbH & Co. KG, Staßfurt

Printed in Germany
ISBN 978-3-12-666106-5

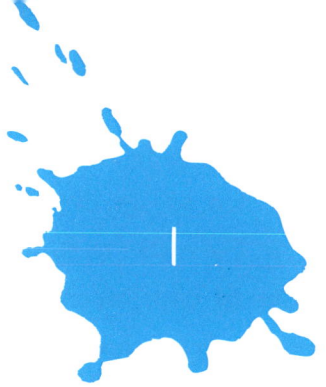

Wir waren im Hallenbad und standen im Nichtschwimmerbecken, Katinka, Robbie und ich. Robbie wollte richtig schwimmen lernen, und wir zeigten ihm, wie das geht. Aber er schluckte andauernd Wasser und hustete wie ein Verrückter. Katinka haute ihm auf den Rücken, das half. Robbie gab nicht auf. Wir erklärten ihm, was er mit den Beinen machen sollte, aber er strampelte bloß herum wie ein kranker Hund. Er hatte zwar schon Seepferdchen*, trotzdem hatte er oft Angst allein im Wasser.

Neben dem Becken standen Liegen zum Ausruhen. Auf einer lag eine Frau mit einem kleinen Kind und blätterte in einer Zeitschrift. Das Kleine hatte eine Windel um, sonst nichts. Wahrscheinlich langweilte es sich, auf jeden Fall fing es an zu quengeln. Doch die Frau guckte nur immer weiter in ihre Zeitschrift.

* **Seepferdchen** Schwimmabzeichen: nach einem Sprung ins Wasser 25 Meter schwimmen, in schultertiefem Wasser tauchen

Auf einmal klingelte ihr Handy, und sie ging ran. Sofort fing sie an zu quatschen, so laut, dass alle es mitbekamen. Erst lachte sie. Dann aber regte sie sich auf. Das Kind krabbelte von der Liege runter und wackelte in Richtung Wasser. Die Frau schimpfte in ihr Handy: „Du hast was mit dieser blöden Mona, das merk ich doch!" Sie war so wütend, dass sie nichts anderes mehr mitbekam, zum Beispiel, dass ihr Kleines auf das Schwimmbecken zuwackelte. Wir dachten, na ja, sie wird schon wissen, was sie tut, und kümmerten uns weiter um Robbie.

Da machte es plötzlich PLATSCH, und es spritzte. Wir drehten uns um, und da lag das Kleine im Wasser und strampelte mit Armen und Beinen, so ähnlich wie Robbie, und es schluckte Wasser und guckte ganz komisch. Wir sahen zu der Frau auf der Liege. Sie war voll weggetreten und telefonierte wild drauflos und bekam nichts mit. Der Bademeister war eine komplette Null: Er saß in seiner Glaskabine und starrte auf seinen Computer.

Katinka und ich fackelten nicht lange, wir schwammen zum Beckenrand, wo das Kleine inzwischen untergegangen war, nur noch die Haare guckten raus. Ich tauchte unter, packte es an den Armen und zog es nach oben, es ging ganz einfach. Als das Kleine den Kopf über Wasser hatte, war es erst ganz still, und wir dachten, hoffentlich ist es nicht tot. Aber dann fing es an zu kreischen und lief rot an.

Erst jetzt fiel der Frau auf, dass ihr Kind weg war. Wir winkten ihr zu und zeigten auf das Kleine. Die Frau schrie. Sie ließ ihr Handy fallen und rannte zum Becken, hielt sich die Nase zu und sprang ins Wasser. Sie riss mir das Kleine aus den Armen und fing an zu weinen. Dann schimpfte sie uns aus, das war so was von krass. Schließlich kam auch der Bademeister angerannt, und wir erzählten, was Sache war. Er rief den Krankenwagen, denn vielleicht hatte das Kleine schon zu viel Wasser geschluckt und bekam einen Gehirnschaden. Zum Glück war aber alles in Ordnung, und die Frau beruhigte sich und sagte zehntausend Mal Danke, und jemand von der Zeitung kam und machte Fotos von uns und dem Kind in seiner Windel.

Wir wurden mit einem Schlag berühmt, in der Schule guckten uns alle an und waren stolz auf uns, obwohl uns sonst kaum jemand mochte.

Ein paar Tage später kam der Chef vom Hallenbad zu uns nach Hause, schüttelte allen die Hand und lobte uns. Wir dachten, das reicht jetzt aber auch mal.

„Und um euch dreien eine Freude zu machen", sagte der Mann, „erlauben wir uns, euch diese Freikarte zu überreichen."

Wir kapierten erst nicht.

„Ihr dürft den ganzen Sommer lang umsonst ins Freibad. Wann immer ihr wollt!"

Wir waren natürlich einverstanden.

Es war schon Ende April. Am 15. Mai machten sie auf.

2

Alle sagten, wir wären Helden.

Waren wir aber nicht. Wir hatten nur zufällig in der Nähe gestanden.

Ich hab das auch nur kurz erzählt, damit du verstehst, wie es kam, dass wir ab jetzt jeden Tag im Freibad verbrachten. Jeden einzelnen Tag. Den ganzen Sommer lang. Vom 15. Mai bis zum 15. September. Über einhundert Tage. Auch wenn es regnete.

Wir hatten ja sonst keine Möglichkeit, ich meine, unsere Eltern. Es war einfach nie genug Geld da für Ferien woandershin oder so. Und Robbie musste ins Wasser.

3

Robbie heißt eigentlich Robert. Ich heiße Alfred, aber jeder sagt Alf zu mir, was mich lange geärgert hat. Jetzt nicht mehr. Jetzt finde ich das gut.

Katinka heißt ganz einfach Katinka.

Wir sind die Bukowskis aus dem Wohnblock hinter den Gleisen. Ich bin zehn Jahre alt, Katinka ist acht, Robbie sieben. Mama arbeitet in der Bahnhofsbäckerei. Papa fährt Taxi.

Wir wohnen in der Georg-Elser-Straße. Wir haben drei Zimmer. Das Wohnzimmer, das Schlafzimmer von Mama und Papa und unser Zimmer. Dazu eine Küche und ein Bad. Keinen Balkon.

Doch wer braucht schon einen Balkon, wenn er einen ganzen Sommer im Freibad verbringen kann, immer unter dem Himmel?

Wo es einen Zehnmeterturm gibt.

Und neben dem Volleyballfeld einen Kiosk, wo sie alles haben, was du brauchst. Falls du Geld hast.

Unser Freibad.

Wo du mal eben rausgehen und beim Fußballtraining einer Bundesligamannschaft zugucken kannst, gleich nebenan auf dem Trainingsplatz.

Und wo du denkst, so ein Sommer, der hört nie auf. 5

4

Am 15. Mai war es schön warm.

Kaum war die Schule vorbei, holten wir Robbie im Hort ab. Er saß wütend in der Ecke, als wir kamen. Jemand hatte ihm sein Lieblingsauto weggenommen, ein Junge, der viel stärker war als er. Katinka wollte gleich auf den Jungen los, aber ich fand das nicht gut, nicht jetzt. Wir wollten doch ins Freibad. Also zeigte Katinka dem Jungen nur die Faust. Der Junge grinste. Er war schon acht und hatte keine Angst vor meiner Schwester.

Wir hatten kein Geld für den Bus, also gingen wir den ganzen Weg zu Fuß. Daran würden wir uns jetzt gewöhnen müssen, denn Geld würde auch morgen keins da sein. Auch nicht übermorgen.

Wir gingen über den Fluss und kamen in das Viertel mit den vielen Kneipen. Die Leute saßen draußen und tranken alle möglichen Sachen. Als wir an einem Café vorbeikamen, zeigte Robbie auf einen Mann mit einer

Flasche Limonade vor sich. „Will ich auch", sagte
Robbie.
„Geht nicht", sagte ich. „Ist zu teuer."
Mama hatte uns drei Euro mitgegeben, das musste für
alle reichen.
Robbie machte eine wütende Grimasse, und wir gingen
weiter.
Wir kamen an allen möglichen Leuten vorbei, die
Kuchen aßen oder Eis, und ich nahm mir vor, nie mehr
durch dieses Viertel zu gehen. Nicht mit so wenig Geld
in der Tasche. Nicht mit Robbie an der Hand.
Dann überquerten wir eine breite Straße. Und da sahen
wir es: das Stadion. Dahinter war das Freibad.
Robbie machte sich von mir los und fing an zu rennen.
Katinka rannte ihm hinterher. Ich lachte.

5

Am Eingang zeigten wir unsere Freikarten. Die Frau an der Kasse guckte uns misstrauisch an und fragte einen Kollegen. Sie riefen irgendwo an, wahrscheinlich beim Chef vom Hallenbad.

Als alles in Ordnung war, durften wir rein.

Wir waren hier schon manchmal gewesen, mit unseren Eltern. Wenn man reinkommt, ist da zuerst die große Wiese. Dahinter sind die Becken. Eins für die ganz Kleinen, dann das Nichtschwimmerbecken mit den Rutschen. Daneben ist das Sprungbecken. Und dahinter sind die 50-Meter-Bahnen.

Die Sonne schien – und ich hatte gedacht, es wären bestimmt viele Leute da. Aber das war nicht so. Ich verstand bald, warum.

Wir suchten uns einen Platz für unsere Decke und zogen unsere Badesachen an. Dann liefen wir zu dem Becken mit den Rutschen und sprangen direkt ins Wasser. Es war höllekalt.

Im Hallenbad ist das Wasser immer schön warm, besonders im Nichtschwimmerbecken. Hier nicht. Hier war es, als hätte jemand Eiswürfel reingetan, mindestens zehn Tonnen. Katinka rannte gleich wieder raus, ich auch. Robbie aber blieb im Wasser und freute sich. Wir behielten ihn genau im Auge. Die Kälte machte ihm null was aus, er sprang im Wasser herum und war glücklich.

Da kam ein Bademeister und stellte sich breit neben uns hin. Er hatte einen dicken Bauch, als hätte er einen Riesenball verschluckt. Außerdem hatte er einen Riesenschnauzbart und sah aus wie ein Walross. Nur ohne Stoßzähne.

„Das Wasser ist saukalt", sagte Katinka zu ihm. „Das ist bescheuert."

„Beschwer dich bei der Stadt", sagte er. „Hier wird nicht geheizt."

„Wieso nicht?", fragte sie.

„Sparmaßnahmen", brummte er. „Ihr seid die mit dem Gutschein, oder? Mein Kollege vom Hallenbad hat mich informiert. Wo sind eigentlich eure Eltern?"

„Bei der Arbeit."

„Passt auf den Kleinen auf. Ihr bleibt mit ihm im Nichtschwimmerbereich, verstanden? Ich hab ein Auge auf euch."

„Klar", sagte ich. „Und ich hab ja auch schon Silber und meine Schwester Bronze."

Das beeindruckte ihn nicht. Er machte einen auf hart und guckte irgendwohin. Schließlich ließ er uns einfach stehen und ging zu seinen Kollegen, um Kaffee zu trinken.

Robbie winkte uns zu, wir sollten ins Wasser kommen. Er sah so glücklich aus in dem großen Becken, wo sonst kaum jemand war. Aber auch ein bisschen allein. Er patschte aufs Wasser und rief unsere Namen.

„Okay", sagte Katinka. „Lass uns reingehen."

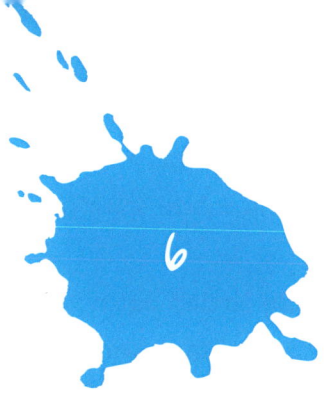

Wenn du erst mal eine Weile im kalten Wasser bist, gewöhnst du dich daran. Hauptsache, du bewegst dich. Dann merkst du überhaupt nicht mehr, wie kalt es ist. Wir spielten alles Mögliche, zum Beispiel Haifisch. Wir schwammen um Robbie herum, griffen ihn an und bissen zu. Er liebte das.

Es stimmt nicht, dass er behindert ist oder zurückgeblieben. Er ist nur anders. Wenn er malt, sieht es aus, als hätte ein Baby das Bild gemalt, oder ein Alien. Nur buntes Krickelkrakel. Und er spricht auch nicht viel, sondern zeigt lieber auf Sachen. Mama und Papa waren mit ihm beim Arzt. Mehrmals. Aber der sagt, alles ist in Ordnung.

Robbie kann schnell mal wütend werden. Oder er weint plötzlich los, bloß weil jemand auf eine Ameise tritt oder seinen Kakao verschüttet. So ist er eben. Robbie Bukowski. Irgendwann liefen wir blau an und mussten dringend raus aus dem Becken und an die

Sonne. Robbie wollte nicht, wir zogen ihn aber einfach mit. Weil er nicht sehr stark ist, konnte er sich nicht wehren.

Wir trockneten uns ab und legten uns auf die Decke. Kaum lagen wir da, bekamen wir Hunger. Wir hatten aber nichts dabei.

„Pommes wären jetzt gut", sagte Katinka.

„Mmmh", machte Robbie. „Lecker!"

Im Kiosk gab es welche. Eine kleine Portion kostete 1 Euro 50. Wir bestellten zwei.

„Tu aber ganz viel drauf", sagte Katinka zu dem Mann am Tresen. „Wir sind ja drei. Und wir sind hungrig wie die Leoparden."

Der Mann lächelte und fragte, was wir draufhaben wollten, Ketchup oder Mayonnaise.

„Beides", sagte Katinka. „Und ganz viel!"

Er tat ganz viel drauf und stellte beide Portionen auf ein kleines Tablett. Es gab aber auch noch ganz viel anderes leckeres Zeug, Limo, Fruchtschnecken oder Eis. Robbie zeigte darauf und rollte mit den Augen.

„Vergiss es", sagte ich. „Unsere drei Euro sind weg."

Als wir abziehen wollten, kam ein Mädchen rein, genau in dem Moment. Sie hatte lange braune Haare. Sie hatte ein weißes T-Shirt an und eine weiße Hose. Sie kam herein und blendete mich wie eine Sonne.

Das Tablett fiel mir aus der Hand, und die Pommes landeten auf dem eklig nassen Boden.

„Mann!", schimpfte Katinka. „Du Blödmann!"

Robbie fing an zu weinen und begann, die Pommes vom Boden zu essen.

„Nee, lass das mal bleiben!", rief der Mann uns vom Tresen zu. „Ich mach euch neue."

„In echt?", fragte Katinka. „Das machst du?"

„Ja", sagte er. „Heute ist mein Geburtstag!"

„Oh! Hast du schöne Geschenke bekommen?"

„Nee", antwortete der Mann.

„Warum nicht?"

„Weil … es niemanden gibt, der mir was schenkt …"

„Und wie alt bist du geworden?"

„49."

„Mann, dann bist du ja noch älter als unser Papa!", rief Katinka. „Steinalt!"

„Na ja", sagte der Mann und gab uns die neuen Pommes. Zwei Portionen!

„Danke", sagten Katinka und ich. Robbie sah ihn nur an.

Wir gingen zurück zu unserer Decke und aßen. Als wir fertig waren, sonnten wir uns. Danach versuchten wir wieder, Robbie das Schwimmen beizubringen. Aber er kapierte es einfach nicht.

Wir gingen mit ihm auf die kleine Rutsche. Er rutschte bestimmt fünfzig Mal, danach war er fix und fertig.

„Morgen gehen wir auf die große", sagte ich.

Robbie lachte.

„Du aber nicht", sagte Katinka. „Weil die nämlich erst ab acht ist."

Er sah aus, als würde er gleich losheulen.

Dann legten wir uns noch ein bisschen in die Sonne.

Um halb sieben zogen wir uns wieder an und wollten gehen, denn um sieben mussten wir zu Hause sein.

Auf der Wiese wuchsen Gänseblümchen, sehr viele Gänseblümchen – und Robbie zeigte darauf.

„Stimmt", sagte Katinka und pflückte einen kleinen Strauß. Ich dachte, die will sie wohl Mama mitbringen, aber sie ging damit zum Kiosk. Wir hinterher.

„Happy birthday to you, happy birthday to you", sang sie, als wir reinkamen. Sie sang laut und feierlich und überreichte dem Pommes-Mann den Gänseblümchenstrauß.

„Mach dir noch einen schönen Geburtstagstag", sagte sie. „Und such dir eine Frau. Die schenkt dir dann auch mal was."

„Ich … Ich geb mir Mühe", sagte der Mann und schluckte. „Danke!"

Wir waren schon am Ausgang, als plötzlich das schöne Mädchen wieder auftauchte. Sie stand an der Kasse und unterhielt sich mit einem der Bademeister. Als wir an ihr vorbeigingen, sah sie einfach durch uns hindurch.

Wir gingen am Fluss entlang und sahen den vielen Leuten zu, die auf dem Rasen Fußball spielten oder grillten. Es roch lecker nach gebratenen Würstchen, und wir bekamen Hunger. Wir hatten noch einen langen Weg vor uns, bis zur Brücke und dann weiter durch die Vorstadt. Wir hätten natürlich auch mit dem Fahrrad fahren können, aber das ging nicht, wegen Robbie. Er fuhr nämlich Rad wie eine betrunkene Katze, immer im Zickzack. Und andauernd blieb er stehen, um nachzudenken oder sich was anzugucken. „Im Stadtverkehr ist das zu gefährlich", hatte Papa gesagt. Also mussten wir zu Fuß gehen. Von einem Fleischgeruch zum nächsten.

Wir redeten über alles Mögliche. Katinka erzählte von einem Mädchen aus ihrer Klasse, das Klara hieß. Klara hatte zwei verschieden lange Beine und hinkte. Außerdem stotterte sie und konnte nicht gut sehen. Es gab noch ein paar andere Sachen, die bei ihr nicht in

Ordnung waren, aber die hab ich vergessen. Klara hatte einen Hund, der sie jeden Morgen zur Schule brachte. Der Hund war schon alt und konnte nur noch langsam vor sich hin trotten. Aber er brachte Klara immer bis zum Eingang. Und wenn die Schule aus war, stand auch der Hund wieder da und begleitete Klara nach Hause.

Ich erzählte von dem Boxstudio, das vor ein paar Wochen bei uns um die Ecke aufgemacht hatte. Ich war da reingegangen, hatte mich auf eine Bank gesetzt und zugeguckt. Wahrscheinlich dachten die, ich wäre der Bruder von einem der Boxer. Kaum war ich drin, wusste ich, dass ich hier richtig war. Genau so was wollte ich auch machen. Boxen. Und zwar bald.

Robbie sagte nicht viel, aber er zeigte ständig auf Sachen, die ihm auffielen. Irgendwelche Steine am Wegrand oder ein Schiff am Ufer.

Wir redeten auch darüber, was wir uns vornahmen, für den Sommer, meine ich. Katinka wollte einen Kilometer kraulen. Ich wollte vom Zehner runter. Bei Robbie war die Sache klar: Er musste anständig schwimmen lernen. Seepferdchen reichte nicht.

„Kriegen wir hin, mein Süßer", sagte Katinka. „Man muss einen eisenharten Willen haben, weißt du."

Robbie lächelte sie an, wie nur Robbie jemanden anlächeln kann.

Plötzlich, einfach so, sprang Katinka auf die Kühlerhaube eines Autos und von da aus aufs Dach. Es war ein schwarzer VW Golf.

Sie fing an zu tanzen.

„Komm da runter!", rief ich. „Das gibt Ärger."

„Ärger, Ärger!", sang sie und tanzte weiter.

Als jemand von innen an die Fensterscheibe klopfte und uns mit der Faust drohte, sprang sie vom Dach, und wir rannten los.

Punkt sieben kamen wir zu Hause an, in unserer Siedlung.

8

Wir rannten das Treppenhaus rauf, weil wir nicht gern mit dem Aufzug fuhren. Der roch komisch. Außerdem waren drei Stockwerke ein Klacks. Für uns, meine ich. Für den alten Herrn Mahlstedt von gegenüber war das natürlich wie auf den Himalaya* rauf. Nach ein paar Stufen machte er Halt, pfiff aus dem letzten Loch und schlurfte dann weiter. Katinka bewunderte Herrn Mahlstedt. Weil er nie aufgab. Weil er einen eisenharten Willen hatte. Und er war immer nett und lachte, wenn er uns sah, obwohl er schon beinahe tot war.

Mama saß in der Küche und schnitt Zwiebeln. Davon hatte sie Tränen in den Augen. Ansonsten aber war ihr Gesicht ganz fröhlich.

„Na, wie war euer erster Tag?", fragte sie gleich.

Wir sagten, dass er gut gewesen war, unser erster Tag. Wir erzählten von dem eiskalten Wasser, dem

---

* **Himalaya** höchstes Gebirge der Erde

Pommes-Mann und Katinkas Geburtstagslied. Von ihrem Tänzchen auf dem Autodach sagten wir natürlich nichts.

„Bist du weitergekommen mit dem Schwimmen?", fragte Mama.

Robbie zuckte mit den Schultern.

Sie fragte nicht, ob wir auch schön auf ihn aufgepasst hatten. Sie wusste, auf uns war Verlass. Bei so was, meine ich. „Wird schon werden", sagte sie und warf die Zwiebeln in die Pfanne. „Deckt mal auf. Papa kommt gleich."

Papa kam. Er ging immer erst ins Bad, um sich zu waschen. Dann in die Küche, um Mama zu küssen. Erst Mama und dann uns.

„Mann, was für ein Tag!", stöhnte er. „Da war so ein Typ, der wollte nicht zahlen. Hat gesagt, er braucht das Geld für was Besseres."

„Und was hast du gemacht?", fragte ich.

„Ihn am Kragen gepackt und ihn mal kräftig durchgeschüttelt. Das hat gewirkt."

Ich sah Papa an. Er war stark wie ein Grizzly*. Wenn ein Grizzly dich eben mal kräftig durchschüttelt, hast du ein Problem.

* Grizzly sehr großer nordamerikanischer Braunbär

„Was gibt's denn Leckeres?", fragte er.

„Spaghetti mit Tomatensauce."

„Oh, toll!", sagten wir alle. Obwohl es Spaghetti mit Tomatensauce ziemlich oft gab.

„Selbstgemachte Sauce!", sagte Mama.

„Oh, toll!", sagten wir noch einmal.

Vorher aber mussten wir Salat essen. Sehr viel Salat. Wegen der Gesundheit.

Auch Papa wollte wissen, wie es beim Schwimmen gewesen war. Dann erzählte Mama von Maria, einer Kollegin, die Rückenschmerzen hatte und trotzdem arbeiten musste. Von ihrem Chef, der nie Danke sagte. Von dem neuen Putzmittel, das eklig roch.

Nach dem Essen guckten wir alle zusammen einen Film. Er hieß *Minusch* und handelte von einer Frau, die früher eine Katze gewesen war. Den hatte sich Mama schon als Mädchen angeguckt. Sie fand ihn immer noch schön.

Danach gingen wir ins Bett. Wir waren müde von dem langen Tag. Und morgen war ja Schule.

Mama machte das Licht aus.

Ich dachte an den Zehnmeterturm. Und an das Mädchen, das mich geblendet hatte wie eine Sonne.

Kapitel 1–8

1. **Wie heißen die drei Hauptfiguren des Buchs? Schreibe einen ganzen Satz und unterstreiche den Namen des Ich-Erzählers.**
   Tipp: **Du findest die Namen zu Beginn von Kapitel 3.**

2. **Wer ist in dieser Textstelle mit „du" gemeint? Ergänze.**

   Ich hab das auch nur kurz erzählt, damit du verstehst, wie es kam, dass wir ab jetzt jeden Tag im Freibad verbrachten. (Seite 9, Zeilen 4–6)

   In dieser Textstelle ....
   mit „du" gemeint.

3. **Welche der folgenden Aussagen sind richtig? Kreuze an.**

   ☐ Die Kinder retten ein Kleinkind vor dem Ertrinken.

   ☐ Die Familie fährt immer nach Dänemark in den Urlaub.

   ☐ Die drei Hauptfiguren sind Geschwister.

   ☐ Jedes Kind hat ein eigenes Zimmer.

   ☐ Für die Rettung bekommen sie eine Freikarte für das Freibad geschenkt, die den ganzen Sommer über gültig ist.

4. Der erste Tag im Freibad (Kapitel 4–8): Unterstreiche in der Zusammenfassung die Antworten auf die W-Fragen (Wer? Was? Wann? Wo?) in verschiedenen Farben.

Am 15. Mai holen Alf und Katinka Robbie vom Hort ab und gehen mit ihm direkt ins Freibad. Das Wasser im Freibad ist kalt, doch sie lassen sich die Laune nicht verderben. Gegen den Hunger nach dem Baden kaufen sie sich zwei Portionen Pommes im Kiosk. Mehr Geld haben sie nicht. Als Alf das Tablett fallen lässt, macht der nette Mann im Kiosk den Kindern neue Pommes. Er hat Geburtstag. Bevor sie abends nach Hause gehen, bringen Katinka und ihre Brüder ihm daher einen Strauß gepflückter Blumen und singen für ihn. Alf ist von einem braunhaarigen Mädchen beeindruckt. Auf dem langen Heimweg zu Fuß bekommen die Kinder Hunger. Zu Hause gibt es Salat und Spaghetti mit Tomatensauce. Die Familie isst zusammen, alle erzählen von ihrem Tag und sehen sich danach einen Film an.

5. Welche Ziele setzen sich die Geschwister? Lies Kapitel 7 noch einmal und verbinde.

Alf	muss anständig schwimmen lernen.
Katinka	will vom Zehner springen.
Robbie	will einen Kilometer kraulen.

9

Am nächsten Tag war der Himmel dunkelgrau. Nur Wolken, Wolken. Und ein kalter Wind blies. Aber das machte nichts. Wir wollten wieder ins Wasser.

Diesmal nahmen wir den Weg am Fluss lang, schon auf dem Hinweg. Wegen der vielen leckeren Sachen, die es in dem Kneipenviertel gab, und Robbies Geplärre. Ich dachte, na ja, das ist jetzt also immer unser Weg, den ganzen Sommer lang. Immer am Fluss, hin und zurück. Alter!

Als wir ankamen, saß eine andere Frau an der Kasse als gestern. Und wieder gab es Theater wegen unserer Freikarte. Sie rief den Chef. Es war der Typ mit dem Fußballbauch. Das Walross.

Es sagte nicht Guten Tag oder Hallo oder so was, das Walross. Es winkte uns bloß durch und guckte schlecht gelaunt. Mit ihm würden wir es nun also den ganzen Sommer zu tun haben. So war die Lage.

Wir legten unsere Decke auf den Rasen und liefen zum Nichtschwimmerbecken. Robbie war als Erster drin. Dann Katinka. Ich wartete ein bisschen, dann ging ich auch rein. Wir waren schon ein bisschen abgehärtet und lachten bloß über das Eiswürfelwasser. Es brannte kalt auf unserer Haut.

Wir hatten wieder ein bisschen Geld dabei. Diesmal gaben wir es für Süßigkeiten aus, für saure Fruchtschnecken und Colafrösche und so. Der Mann im Kiosk lachte, als wir reinkamen, weil er sich freute, uns wiederzusehen.

Danach ging ich zum Sprungturm. Es war ein guter Moment dafür, weil ja außer uns kaum jemand da war an diesem dunklen Wolkentag. An einem heißen Sommernachmittag war hier extrem was los: mindestens dreißig Leute oben auf dem Zehner, die meisten von ihnen Jungs, auch große. Unten stehen dann immer die Mädchen und gucken. Ich war noch nie auf dem Zehner gewesen, nicht mal auf dem Fünfer. Bisher war ich nur vom Dreier gesprungen, im Hallenbad, ein einziges Mal. Weiter nach oben hatte ich mich nie getraut. Und schon vom Dreier runter war es hart gewesen. Ich hatte zehn Minuten gebraucht. Unten hatten ein paar

Jungs gestanden und gelacht. Dann war ich endlich gesprungen. Und als ich unten war, hatte ich Wasser geschluckt und japste wie Robbie. Alle hatten das gesehen. Jetzt waren nur ein paar kleine Kinder da, da würde es nicht so schlimm werden.

Mit dem Dreier wollte ich anfangen. Aber schon beim Hochklettern merkte ich, dass alles komplett anders war als im Hallenbad. Der kalte Wind machte, dass ich anfing zu frieren. Und als ich oben war, war über mir kein Dach, sondern der riesige Himmel mit den dunklen Wolken.

Ich ging langsam bis zum Rand und sah runter ins Sprungbecken. Es war extrem tief!

Oben der Himmel, unten der Abgrund! Mir wurde schlecht, und ich ging einen Meter zurück, um mich am Geländer festzuhalten. Das half.

Katinka stand mit Robbie unten am Beckenrand. Sie winkte mir zu, halb freundlich und halb gelangweilt. Robbie guckte an mir vorbei, auf die Wolken.

Ich ging noch weiter zurück. Der Wind blies, und mir war kalt, ich wollte nichts als runter und mir was anziehen. Aber da traf mich Robbies Blick.

Ich spürte, Robbie wollte unbedingt, dass ich springe.
Er legte den Kopf schief und sah mich erwartungsvoll
an. Dann grinste er. Mann, du weißt nie, was in ihm
vorgeht! Und dann kam dieses Mädchen um die Ecke
geschlendert, das mich geblendet hatte wie eine Sonne. 5
Sie guckte ebenfalls nach oben, zu mir!
Ich wartete nicht mehr länger und sprang einfach. Das
Gute ist ja, du kommst auf jeden Fall unten an. Es
dauert nur ganz kurz. Du schluckst vielleicht wieder
Wasser und japst herum, klar. Aber was soll's! 10

10

Als ich wieder auftauchte, klatschte Katinka müde Beifall. Wahrscheinlich hatte sie schon bessere Sprünge gesehen. Köpper* zum Beispiel.

Robbie war schon wieder mit den Wolken beschäftigt. Das schöne Mädchen war nicht mehr da. Komisch. So lange war ich doch gar nicht unter Wasser gewesen. Eigentlich nur ganz kurz.

Ich wunderte mich außerdem, dass sie wieder ihre weißen Klamotten angehabt hatte. Und keinen Badeanzug oder so.

Wir blieben nicht mehr sehr lange, weil es jetzt anfing zu regnen. Nur ein bisschen, aber immerhin. Und der Wind wurde kälter.

Also gingen wir nach Hause. Durch den Regen. Das nervte. Zumindest Katinka und mich.

Robbie guckte zu, wie in den Pfützen die Regentropfen zerplatzten. So was liebte er.

* **Köpper** Kopfsprung

Am nächsten Tag war Samstag.
Das Wetter war wieder besser geworden. Ein bisschen
schien sogar die Sonne.

Mama und Papa mussten heute nicht arbeiten. Wir
saßen am Frühstückstisch, als Papa plötzlich die Idee
hatte, Mama und er könnten uns doch begleiten, ins
Freibad. Katinka verzog das Gesicht. Ich sagte, ja, okay.
Robbie guckte auf das Marmeladenglas.

Wir machten uns ein dickes Fresspaket, weil es im Kiosk
für fünf Leute zu teuer war. Dann nahmen wir unsere
Fahrräder. Robbie auch. Er fuhr ganz langsam, zwischen Mama und Papa. Trotzdem fiel er zweimal hin,
beim ersten Mal, weil er einem Vogel hinterhergeguckt
hatte, beim zweiten Mal einfach so.

Jetzt kannten sie uns schon an der Kasse. Papa kaufte
zwei Karten für sich und Mama. Wir gingen auf den
Rasen und breiteten uns aus.

Erwachsene sind Weicheier! Mama steckte die Zehen ins Wasser und kreischte. Papa ging bis zu den Knien rein und dann gleich wieder raus.

Wir zeigten ihnen, wie abgehärtet wir schon waren, und schlenderten lässig in das eisige Becken, als wäre nichts. Mama und Papa machten es sich auf der Decke gemütlich und tranken Kaffee. Alles war sehr gut.

Als wir aus dem Wasser kamen, machten wir Picknick, es gab sogar Frikadellen und hartgekochte Eier. Ein paar Leute guckten zu uns rüber. Picknick machte sonst niemand, wir waren was Besonderes.

Ich wollte mich gerade ausstrecken und mich ein bisschen sonnen, als das schöne Mädchen wieder auftauchte. Sie war anscheinend andauernd hier, vielleicht hatte sie ja auch eine Freikarte gewonnen. Diesmal hatte sie einen roten Badeanzug an und ging zum Volleyballfeld, wo ein paar Jugendliche ein Match machten.

Plötzlich rief jemand: „Johanna! Essen ist fertig!"

Das Mädchen rief zurück: „Okay. Ich komm gleich!"

Sie sagte was zu den Jungs vom Volleyball und ging dann in ein kleines Haus direkt neben dem Kiosk.

Es sah aus wie ein ganz normales Wohnhaus, mit Vorgarten und Gardinen.

Jetzt kam das Walross über den Rasen gestapft, der
Chef, er ging ebenfalls in das Haus. Und jetzt kapierte
ich. Er wohnte da.

Und wenn das das Bademeister-Wohnhaus war, war
das Mädchen die Tochter des Chefs. Deshalb war sie
andauernd hier. Und jetzt bekam sie Mittagessen.

Sie hieß Johanna!

12

Ich sonnte mich also. Dabei schlief ich kurz ein. Als ich wieder aufwachte, guckte ich gleich zum Bademeister-Wohnhaus.

„Was guckst du denn so?", fragte Katinka.

Ich sagte nichts, sondern schnappte mir das letzte hartgekochte Ei.

Papa streckte sich genüsslich. „Mir ist warm. Ich glaub, ich versuch's nochmal. Kommt wer mit?"

Katinka und ich gingen mit ihm ins große Becken. Diesmal rannte er nicht gleich wieder raus, sondern schwamm ein paar Bahnen. Ich hatte Papa schon ewig lang nicht mehr schwimmen sehen, er machte das ziemlich gut. Er schwamm in langen, ruhigen Zügen, so wie ein echter Schwimmer, immer kurz den Kopf rein und dann wieder raus zum Luftholen. Katinka versuchte zu kraulen, aber sie hielt den Kopf immer über Wasser. Ich musste lachen. „Lach nicht so blöd, du Blödmann!", fauchte sie mich an.

Jetzt stieg Papa aus dem Wasser und zeigte zum Sprungturm. „War ich lange nicht mehr oben …“, sagte er.

„Wie lange?“, fragte ich.

„Och … so etwa zwanzig Jahre.“

Katinka lächelte ihn an. Ich kann das nicht richtig beschreiben. So halb bewundernd und halb mitleidig. „Zwanzig Jahre!“, rief sie aus. „*Oh là là!*“ Das hatte sie aus einem Film, in dem eine Französin mitspielte. Seitdem wollte sie nach Frankreich und sagte immer so französische Sachen.

„Hört sich an wie 'ne Ewigkeit, oder?“, sagte Papa.

Katinka nickte.

„Na, dann wollen wir mal“, sagte er und ging los. Er winkte Mama und Robbie zu, die im Nichtschwimmerbecken standen.

Papa kletterte die Leiter hoch. Ich dachte, beim Dreier macht er bestimmt Halt, höher geht er nicht. Aber da hatte ich mich getäuscht. Er kletterte bis zum Fünfer. Er ging bis vor zum Rand und guckte runter.

„Mann!“, rief er uns zu. „Das ist so was von hoch!“

Alle konnten ihn jetzt sehen. Und alle guckten jetzt hoch. Auch Johanna. Sie ging gerade mit einem anderen Mädchen über die Wiese.

„He, Alf!", rief Papa. „Von hier oben bist du noch nicht runter, oder?"

Ich guckte auf den Boden. Es war mir peinlich, wie Papa da oben stand. Ich weiß auch nicht, warum, aber so war es. Aber noch viel peinlicher war es, dass jetzt jeder wusste, dass ich Alf hieß, so wie dieser Außerirdische aus dem Film. Ein paar Kinder lachten.

„Guckt mal", rief Papa, „was euer Papa jetzt macht!" Er ließ sich einfach fallen, wie ein Sack. Mitten in der Luft aber zog er ganz schnell die Knie an den Bauch und landete mit dem Hintern auf dem Wasser. Es spritzte.

Papa hatte eine astreine Arschbombe gemacht.

Ein paar Leute klatschten Beifall.

„Ey, Alter!", rief ein Jugendlicher. „Voll gut für dein Alter!"

Aber das war's noch lange nicht, Papa hatte noch nicht genug. Er stieg aus dem Wasser und kletterte wieder die Leiter hoch. Diesmal auf den Siebeneinhalber.

Wieder stand er am Rand. Und wieder rief er uns was zu, und zwar ganz laut. Bestimmt konnten sie es sogar auf dem Trainingsplatz nebenan hören.

„Alf!", rief er. „Das ist so was von scheißkalt hier oben!"

Ich guckte irgendwohin. Aber ich sah, dass Johanna mich ansah. Sie hatte kapiert, dass ich der Sohn von dem war, der da oben stand und sich an den Hintern fasste.

„Jetzt mach ich aber keine Arschbombe!", rief Papa.
„Bin doch nicht bescheuert!"
Johanna guckte gespannt, was nun kam.
„Hey, Marlene!", rief Papa und winkte Mama zu.
Mama winkte zurück.
Robbie stand unbeweglich da und hielt den Kopf schief.
Wieder ließ sich Papa fallen wie ein Sack. Aber er achtete nicht darauf, dass er aufpassen musste, wie er unten aufkam. Und so passierte es, dass er auf dem Bauch aufkam. Es sah lustig aus. Aber ich wusste, es war nicht lustig, ich meine, für Papa.

Er hatte sich wehgetan, das sah man gleich. Aber weil er Papa war, wollte er sich das nicht anmerken lassen, sondern tat so, als wäre alles in Ordnung.
Wieder klatschten ein paar Leute.
Papa kam aus dem Becken, sein Bauch war total rot. Er ging zu Mama und Robbie und ließ sich auf die Decke fallen. Mama lachte ihn aus und gab ihm Kaffee aus der Thermosflasche.
Mama und Papa. Ich sehe sie mir oft an. Was sie machen. Wie sie zueinander sind. Und meistens geht es mir gut dabei.

13

Wir blieben noch ein, zwei Stunden. Und Johanna war immer irgendwie in der Nähe. Meistens saß sie mit ihrer Freundin bei den Jungs vom Volleyball. Ich hätte lieber gehabt, sie hätte bei uns gesessen. Auf unseren Decken war noch Platz, und wir hatten auch Kuchen dabei. Katinka stritt sich mit Robbie, weil er andauernd mit ihr ins Wasser wollte.

„Ich muss Französisch lernen", sagte sie streng und guckte in ihr Lehrbuch. Das hatte Mama ihr in einem 1-Euro-Laden gekauft.

Robbie zog sie am Badeanzug.

„Lass das gefälligst!", rief sie. „Deine Schwester arbeitet!"

Robbie setzte sich auf ihr Buch. Mittendrauf.

Sie schubste ihn runter. Er weinte.

„Lass Katinka in Ruhe", sagte Papa. „Komm, ich geh mit dir ins Wasser."

Er nahm Robbie bei der Hand. Sie gingen über die Wiese. Papa hatte ein Tattoo am Oberarm: einen fauchenden Luchs.

Er leuchtete auf in der Sonne.

Ich war auch nochmal im Wasser. Diesmal aber fror ich. Als ich rauskam, waren meine Lippen blau. Mama schickte mich unter die Dusche.

Es gab ein paar Duschkabinen. Ich ging in eine und vergaß zuzuschließen. Ich stellte mich unter die Brause und machte die Augen zu, so schön warm war das Wasser.

Plötzlich ging die Tür auf, und jemand kam rein. Es war einer von den Volleyballjungs.

„Bist du bald mal fertig?", fragte er.

„Nee, noch nicht", antwortete ich. „Ich hab grad erst angefangen."

„Die anderen Duschen sind alle besetzt", sagte er und stellte sich vor mir auf. „Beeil dich mal."

Er war einen Kopf größer als ich, mindestens. Er schob mich einfach zur Seite. Ich bekam Angst.

Da kam Katinka rein. „Was ist hier los?", fragte sie.

„Nichts", sagte der Junge und stellte sich unter die Dusche. „Verzieh dich, Kleine!"

„Mein Bruder war vor dir da", sagte Katinka. „Verzieh *du* dich!"

Der Junge versuchte, auch sie zur Seite zu schieben. Aber Katinka war eben Katinka. Sie verpasste ihm einen Tritt gegen das Schienbein.

Der Junge war echt erstaunt. Er hätte Katinka jetzt eine runterhauen können. Aber sie sah ihn wild an, so wie nur sie jemanden wild ansehen kann. Er lachte nervös.

„Ist ja gut", sagte er. „Beruhig dich mal, du Winzling."

„Nee", sagte Katinka. „Mach ich nicht. Geh du erst mal weg!"

Der Junge zog ab. Ohne noch was zu sagen.

Meine kleine Schwester hatte mich gerettet. Das fühlte sich komisch an, ich meine, erstens weil sie ein Mädchen war und zweitens jünger als ich. Aber es fühlte sich auch gut an. Wegen dem Gefühl, dass jemand auf mich aufpasste. Nicht irgendjemand. Katinka Bukowski, die so wild gucken konnte, dass ein großer Junge Angst bekam.

14

In den nächsten Tagen war nicht
viel los. Auch von Johanna war nichts zu sehen.
Wir übten mit Robbie und holten uns Pommes. Das
Wetter war meistens ziemlich mies, und wir froren. Wir
gingen andauernd unter die warme Dusche. Wir rannten herum. Das Walross stand mit seinen Kollegen am
Eingang und trank Kaffee. Sie hatten kaum was zu tun,
weil ja fast niemand in den Becken war. Nur ein paar
Schwimmer in Gummianzügen – und wir.
Mama und Papa fanden es komisch, dass wir andauernd im Freibad waren. Wir sollten unsere Hausaufgaben trotzdem anständig machen, sagten sie. Das taten
wir ja auch. Wir nahmen sie mit und erledigten sie so
schnell wie möglich auf dem Rasen oder auf einer Bank.
Es war fast, als würden wir im Freibad wohnen.

Einmal, auf dem Weg dahin, sahen wir Alfonso Blasio!
Er saß mit einer Frau auf einer Bank. Sie guckten in

den Fluss. Ich dachte eigentlich, alle Fußballer würden in die Ferien fahren, der letzte Spieltag war ja schon gewesen, da flogen doch alle immer irgendwohin.

Ich erkannte ihn sofort, wegen der Glatze und dem Tattoo auf der Glatze. Alfonso Blasio war ein echt harter Spieler, ich meine, wegen der vielen Fouls. Er bekam andauernd gelbe Karten und manchmal auch eine rote. Papa fand ihn doof. Immer wenn wir Sportschau guckten und Alfonso Blasio zu sehen war, regte er sich auf. „Der Typ hat sich nicht unter Kontrolle!", rief er dann. „Der ist viel zu wütend. Guck mal, wie der guckt! Außerdem kann er keine Elfmeter schießen …"

Wir blieben stehen und beobachteten Alfonso Blasio und die Frau. Er legte einen Arm um sie, sie gab ihm einen Kuss. Sie hatte lange blonde Haare, die im Wind flatterten.

„Das ist eine echte Spielerfrau", sagte Katinka.

„Hä?", fragte ich.

Katinka guckte mich an, als wäre ich blöd.

„Eine Spie-ler-frau! Die Freundin von einem Fußballspieler. Die haben nämlich immer blonde Haare."

„Immer?", fragte ich.

„Ja. Oder fast meistens!"

15

Ein paar Tage später stand ich wieder mal mit Robbie im Nichtschwimmerbecken. Wir hatten uns von einem der Bademeister eine Schwimmnudel ausgeliehen und Robbie hielt sich jetzt daran fest. Es war, als hätte er seit dem Seepferdchen alles wieder vergessen, ich meine, wie man schwimmt. Das mit der Nudel ärgerte ihn. Er wollte wieder ohne. Ohne konnte er aber plötzlich nicht.

Es war wieder etwas wärmer geworden, zum Glück. Plötzlich sah ich, dass Johanna auf Katinka zuging. Katinka lag auf der Decke und lernte Französisch. Johanna setzte sich zu ihr. Sie fingen an zu reden. Dabei sahen sie zu mir rüber.

Langsam wurde mir kalt, sogar Robbie fing an zu frieren. Er ließ die Nudel los und rannte aus dem Wasser, zu Katinka und Johanna. Er kuschelte sich in seinen Bademantel.

Ich aber konnte nicht einfach so raus. Das ging nicht. Wegen Johanna. Weil sie auf unserer Decke saß.

Ich stand da und wusste nicht, wohin mit mir. Also schwamm ich bis ans andere Ende des Beckens, stieg dort raus und ging einen Riesenumweg zu den Duschen. Ich wusste, die Mädchen guckten mir hinterher, aber ich tat so, als wäre mir das egal.

Ich duschte und duschte. Danach machte ich vorsichtig die Tür auf, um nachzusehen, ob Johanna immer noch da war. Sie war verschwunden, und ich konnte rauskommen.

„Was wollte die von dir?", fragte ich Katinka.

„Das ist geheim", sagte sie. „Mädchensache. Das geht Jungs nichts an."

Ich fragte immer wieder. Ich versprach ihr sogar ein Rieseneis, aber sie blieb stur.

„Sei nicht so neugierig", sagte sie nur. „Außerdem störst du mich beim Lernen. Merke dir: Wer Französisch kann, ist immer ein König oder eine Königin."

„Echt?"

„Ja, klar! Wusstest du, dass Katzen heimlich Französisch sprechen, wenn wir nicht dabei sind?"

Ich war sicher, dass das nicht stimmte.

„Sogar Gott spricht Französisch", sagte sie. „Aber das ist ja normal. Er wohnt ja auch in Frankreich."

„Echt? Gott?"

„Ja, sicher! Wo denn sonst?"

16

An einem Sonntag schüttete es
wieder einmal herunter wie nix. Wir waren trotzdem
schon ganz früh da, schon um zehn, und an diesem
Tag waren wir die Ersten überhaupt.

Das fühlt sich immer ganz besonders an, wenn du der
Erste bist, der ins Freibad kommt. Die Wiesen sind
noch leer, nur ein paar Krähen oder Möwen hüpfen
herum. Das Gras ist grün und weich.

Niemand ist in den hellblauen Becken. Absolut niemand. Das Wasser liegt spiegelglatt da. Sonnenlicht
glitzert.

Du setzt dich hin, und es ist ganz still.

Heute aber prasselte der Regen nur so aufs Wasser.
Es war mal wieder tote Hose, wie Adil immer sagte,
wenn keine Kundschaft da war. Adil war der einzige
nette Bademeister hier.

„Heute tote Hose", sagte er, als wir unsere Sachen hin-
legten, die Decke und so. Wir legten sie natürlich nicht
auf die Wiese, die war ja klatschnass. Es gab ein Vordach, gleich neben den Duschen. Da packten wir alles
hin. Der Regen machte seine Geräusche.

Ein guter Augenblick, um mit meinen Sprüngen wei-
terzumachen, also, vom Turm runter. Nach dem Dreier
war jetzt der Fünfer dran. Ich machte das am besten
sofort, denn wir waren immer noch fast allein hier. Nur
ein paar Omas kamen über die Wiese gelaufen, vier
oder fünf Stück.
Ich kletterte also die Leiter hoch, Katinka und Robbie
blieben unter dem Vordach und guckten, was ich
machte.
Auf dem Fünfer oben, ich meine, am Rand, war es
natürlich noch schlimmer als auf dem Dreier. Der
Wind pfiff mir um die Ohren, und es regnete mir auf
den Kopf. Es war bitterkalt. Ich guckte nach unten.
Mann, wie tief das war! Ich wollte schon wieder runter
und mir was Süßes kaufen. Aber da rief jemand: „Nur
Mut, junger Mann!"
Es war eine der Omas.
„Ja! Immer hübsch runter!", rief eine andere.

„Du wirst doch keinen Schiss haben, oder?"

„Wir wollen was sehen für unser Geld!"

Sie fanden das lustig. Ich nicht.

„Runter kommst du auf jeden Fall", rief eine der Omas.

„Nun mach schon!" Sie hatte einen orangen Badeanzug an und Badelatschen mit Blumen drauf.

„Mach doch selber, Omi!", rief ich ihr zu.

Sie lächelte mich an. „Okay, wenn du mich so nett bittest, mach ich das gern", rief sie. Sie zog ihre komischen Badelatschen aus und kletterte den Turm hoch, bis zu mir nach oben.

Jetzt stand sie neben mir. Sie war ein bisschen dick und hatte lila angelaufene Beine.

„Das haben wir gleich", sagte sie.

Sie stellte sich an den Rand, guckte kurz nach unten und hob die Arme nach oben. Dann streckte sie sich und sprang. Sie machte einen absolut perfekten Köpper! Sie kam pfeilgerade auf. Das Wasser spritzte fast kein bisschen, so glatt tauchte sie ein.

Katinka klatschte, sie war voll begeistert. Sogar Robbie klatschte. Die anderen Omas klatschten auch. Nur ich nicht.

Ich stand immer noch da oben und sah, wie die Oma
mir zuwinkte, sie paddelte im Sprungbecken herum,
auf dem Rücken, wie ein junger Otter.

„Los!", rief sie. „Lass dich fallen!"

5

Was sollte ich machen? Ich ließ mich fallen. Durch die
eiskalte Luft.

Kurz darauf klatschte ich aufs Wasser. Das tat weh. An
den Füßen und am Bauch.

Aber immerhin war ich gesprungen.

10

Die Omas freuten sich. Katinka und Robbie brachten
mir meinen Bademantel, so als wäre ich ein Boxer.

„War gut!", sagte Adil und reckte den Daumen. „Du
stark!"

Jetzt wollte ich Pommes.

15

Kapitel 9-16

1. **Welche der drei Überschriften passt am besten zum Text der Kapitel 9–16? Kreuze an.**

   ☐ Mach doch selber, Omi!

   ☐ Sprungversuche und tolle Mädchen

   ☐ Tote Hose im Freibad

2. **Durch welche Nomen kannst du die blau gedruckten Wörter ersetzen? Notiere hinter der jeweils zugeordneten Nummer.**

   Als wir[1] ankamen, saß eine andere Frau an der Kasse als gestern. Und wieder gab es Theater wegen unserer Freikarte. Sie[2] rief den Chef. Es war der Typ mit dem Fußballbauch. Das Walross.
   Es[3] sagte nicht Guten Tag oder Hallo oder so was, das Walross. Es winkte uns bloß durch und guckte schlecht gelaunt. Mit ihm[4] würden wir es nun also den ganzen Sommer zu tun haben. So war die Lage.
   (Seite 30, Zeilen 11–18)

   1

   2

   3

   4

3. Wie heißt die Wortart, zu der die blau gedruckten Wörter aus Aufgabe 2 gehören? Bringe die Buchstaben in die richtige Reihenfolge und schreibe auf.

4. Was trifft auf das „schöne Mädchen" zu, nach dem Alf im Freibad immer wieder Ausschau hält? Kreise ein.

braune Haare   Tochter des Bürgermeisters

springt vom Zehner   heißt Johanna

ist sehr oft im Freibad   mag Katinka nicht

5. Was erfährst du über andere Figuren? Finde die folgenden Stellen im Text. Das angegebene Kapitel hilft dir, die Stelle zu finden.

a) Mama und Papa. Ich sehe sie mir oft an. Was sie machen. Wie sie zueinander sind. Und meistens geht es mir gut dabei. (Kapitel 12)

Seite _____ , Zeilen _____

b) Meine kleine Schwester hatte mich gerettet. […] Katinka Bukowski, die so wild gucken konnte, dass ein großer Junge Angst bekam. (Kapitel 13)

Seite _____ , Zeile _____ und Zeilen _____

c) Es war eine der Omas. […] Sie machte einen absolut perfekten Köpper! (Kapitel 16)

Seite _____ , Zeile _____ und Seite _____ , Zeile _____

17

Es war immer noch Mai. Bald waren Ferien, und danach musste ich auf eine neue Schule. Es war aber noch nicht klar, auf was für eine. Sicher war bloß, dass es kein Gymnasium war.

Mama und Papa diskutierten hin und her, besuchten irgendwelche Informationsabende und redeten mit anderen Eltern. Ich wollte am liebsten auf die Schule, auf die auch Thorben sollte. Thorben war schon elf. Er war der einzige Junge in der Klasse, den ich gut fand. Die meisten mochten ihn nicht, weil er ein schiefes Gesicht hatte und große Zähne. Und er prügelte sich oft.

Thorben sollte auf die St.-Franziskus-Schule. Ich wollte da auch hin. Obwohl ich keine Ahnung hatte, was das für eine Schule war.

„Die ist nur für Katholiken", sagte Papa.

Ich guckte ihn an.

„Da musst du katholisch sein", sagte er.

Oh, Religion! Da ging es um Gott.

„Wir sind nicht in der Kirche", sagte Mama. „Ich meine, als Mitglied."

Ich hatte keine Lust, mir lange Erklärungen anzuhören. Ich war nicht katholisch. Das war schade, ich meine, wegen der St.-Franziskus-Schule und Thorben. Aber es war ja erst Mai.

Vielleicht ließ sich da noch was machen von wegen katholisch.

Wie alt war eigentlich Johanna? Wenn sie so alt war wie ich, würde sie ja auch auf eine neue Schule kommen. Vielleicht war sie nicht katholisch und hatte freie Auswahl.

Vielleicht würden wir uns auf derselben Schule treffen? In derselben Klasse?

Ich fragte Katinka. Vielleicht hatte Johanna ihr verraten, wie alt sie war. Wir lagen wieder mal auf unserer Decke. Es war ein ganz normaler Montag. Die Sonne schien sogar. Riesenwolken schwammen im Himmel. Wir waren schon im Wasser gewesen, und Lakritzstangen hatten wir auch schon gehabt.

„*Schö nö ssä pa*", antwortete Katinka und guckte arrogant* auf ihre Fingernägel. Da sah ich erst, dass sie sie lackiert hatte. Hellrosa.

„Wie jetzt?", fragte ich.

„*Schö nö ssä pa*", sagte sie. „Das ist Französisch, wie du bestimmt schon kapiert hast. Das bedeutet: Ich weiß nicht."

„Ach so …"

„Vielleicht so etwa *dieß*", sagte sie, nachdem sie kurz nachgedacht hatte. „Oder auch *nöff* oder *oongs*."

„Was?"

„Es kann sein, dass sie zehn ist. Vielleicht aber auch älter oder auch jünger."

„Zehneinhalb!", sagte Robbie. Ich dachte, er würde schlafen. Aber er hatte uns die ganze Zeit zugehört. Mit Augen zu.

„Woher willst du das wissen?", fragte ich.

„Hab ich gehört …"

„Wo?"

„Im Kiosk."

Ich wollte es genauer wissen. Aber Robbie hatte schon mehr gesagt, als er sonst sagte. Mehr war aus ihm nicht rauszuholen.

* **arrogant** überheblich, herablassend

58

„Zehneinhalb also!" Ich freute mich. Zehneinhalb war ich ja auch.

„Bild dir bloß nichts darauf ein", sagte Katinka.

„Tu ich ja gar nicht", sagte ich. Sie ging mir auf die Nerven, weil sie immer alles besser wusste. Ich wollte sie ärgern und zeigte auf ihre Fingernägel. „Und bild du dir nicht ein, du wärst eine Frau oder so. Du bist nur ein kleines Mädchen." Sie guckte mich nachdenklich an und nickte.

Ich wollte noch was Fieses sagen, über Französisch oder so. Aber da passierte etwas.

18

Es hatte mit dem Walross zu tun, mit Johannas Vater.

Und mit drei Jungs. Sie waren größer als ich. Dreizehn oder vierzehn.

Das Walross stand mit ihnen am großen Schwimmbecken. Es gab Ärger, das konnte man sofort sehen. Und hören. Das Walross schimpfte wie verrückt auf die Jungs ein. Es ging darum, dass sie vom Rand ins Wasser gesprungen waren. Das war verboten. Stand auch überall dran, *Springen vom Beckenrand verboten!* Sie hatten das aber trotzdem gemacht.

„Ihr könnt wohl nicht lesen, wa'?", rief das Walross.

Die Jungs guckten ihn an. Einer von ihnen lachte. Seine großen weißen Zähne leuchteten.

Das machte das Walross erst recht wütend. Es rief, die Jungs müssten raus und dürften nie wiederkommen, wenn sie sich nicht an die Regeln hielten.

„Ihr seid hier nicht in Afrika!", rief es. „Benehmt euch gefälligst!"

Der eine Junge lachte noch immer. Ich hatte Angst vor dem Walross, der Junge aber nicht. Er fand das lustig. Er holte aus seinem Rucksack einen kleinen Fußball und warf ihn in die Luft. Ganz weit nach oben.

„Pass bloß auf!", bellte das Walross ihn an.

Jetzt kam eine Frau. Es war die Oma mit dem orangen Badeanzug, die mit dem Köpper. Sie redete freundlich auf das Walross ein. Wir konnten nicht verstehen, was sie sagte, aber das Walross beruhigte sich ein bisschen. Die Jungs liefen auf die Fußballwiese und fingen an zu spielen.

19

Ich weiß nicht mehr, wie es kam, dass die drei ein paar Tage später bei uns auf der Decke saßen und mit uns Pommes aßen. Vielleicht hatte Katinka sie angesprochen? Oder ich? Keine Ahnung.

Auf jeden Fall saßen sie jetzt bei uns, und wir versuchten, uns zu unterhalten. Sie konnten aber nur ein paar Worte Deutsch, eigentlich nur *Danke* und *Ich heiße,* viel mehr nicht. Sie konnten auch fast kein Englisch. Ich ja auch nicht.

Da aber fingen sie an, sich miteinander zu unterhalten, die drei Jungs. Und Katinka war plötzlich ganz aus dem Häuschen.

„*Parlee wu frongssä?*", rief sie begeistert.

Und die Jungs lachten und sagten: „*Wui, wui!*"

Katinka holte aufgeregt ihr Buch aus der Tasche und blätterte darin herum. Ich glaube, es war das erste Mal, dass sie mit jemandem Französisch sprach, ich meine, mit jemandem, der das richtig konnte.

Später erklärte sie mir, die drei kämen aus Mali.

„Mali?", fragte ich. „Wo ist das denn? Ich dachte, sie kommen aus Afrika."

„Tun sie ja auch", sagte sie. „Mali ist nur ein anderes Wort für Afrika."

Ich war mir da nicht sicher.

Robbie saß die ganze Zeit dabei und sagte kein Wort. Er guckte immer nur auf die weißen Zähne der Jungs und auf ihre dunkle Haut. Manchmal lachte er sie schüchtern an.

Sie lachten zurück.

Als sie mit ihren Pommes fertig waren, standen sie auf, um zu gehen, aber Katinka wollte sich weiter mit ihnen unterhalten. Obwohl. Unterhalten hatte sie sich ja gar nicht richtig, sie hatte immer nur ein paar Wörter gesagt. Aber ich konnte genau sehen, wie toll sie sich dabei vorkam.

Zum Beispiel sagte sie: *„Parie. Trä bjäng!"*

Das sollte wohl heißen, dass sie Paris toll fand. Aber in Wahrheit war sie da noch nie gewesen.

Die drei Jungs schüttelten die Köpfe.

„Schämm Cräpp!", sagte sie.

Die Jungs lachten.

Sie interessierten sich überhaupt nicht für uns. Sie wollten Fußball spielen und zu den großen Mädchen am Sprungbecken.

„Wulee wu ün Glass?", rief Katinka und lief ihnen hinterher. Aber die Jungs gingen einfach weiter.

Ich wollte wissen, was sie ihnen zugerufen hatte.

„Ob sie ein Eis wollen natürlich", antwortete sie und guckte böse.

„Aber wir haben doch gar kein Geld mehr."

„Mir doch egal", sagte sie und ließ sich zurück auf die Decke fallen. „Halt den Mund!"

20

Zu Hause fragte ich Mama, wo Mali ist. Sie sagte, in Afrika. Sie holte sogar einen Weltatlas und zeigte uns, wo genau.

„Siehste", sagte ich zu Katinka. „Das ist ein Land. Ein Land in Afrika."

„Na und?", fragte sie.

„Du hast aber gesagt, Mali und Afrika ist dasselbe."

Sie wollte nicht zugeben, dass sie keine Ahnung hatte, und fing an, auf dem Sofa herumzuhüpfen. Dabei zählte sie auf Französisch, von zehn bis null, wie bei einem Raketenstart.

Katinka, meine Schwester. Manchmal finde ich sie so bescheuert, dass ich ihr am liebsten volle Kanne eine scheuern würde, auch wenn sie noch so klein ist.

Meistens aber finde ich sie extrem gut.

Am selben Abend bekam Papa eine Mail von seinem Bruder, unserem Onkel. Wir hatten ihn bisher noch

kein einziges Mal zu Gesicht bekommen. Onkel Carl.
Er lebte in Amerika.

„Das ist ja mal eine tolle Überraschung", rief Papa aus.
„Euer Onkel Carl kommt zu Besuch. Schon in einer
Woche!"

Er freute sich. Mama freute sich auch.

Wir freuten uns nicht. Wir wussten ja gar nicht, wer
das war.

Eine Woche später standen wir in der Flughafenhalle
und warteten. Draußen schien die Sonne. Die SONNE!
Und wir mussten hier rumhängen und auf unseren
Onkel warten.

Na ja, dachten wir. Wir haben ja sonst keinen. Auch
keine Tante. Mal sehen.

Da kam er. Auf jeder Seite einen dicken, silbernen Roll-
koffer. Onkel Carl war dick und hatte ein pickliges Gesicht, das schwitzte. Sein Hemd hing ihm aus der Hose.
Seine Nase sah aus wie eine Kartoffel. Er kam auf uns
zu.

Papa umarmte ihn. Mama umarmte ihn.

Wir gaben ihm lieber die Hand.

Er guckte uns an. Lange. Jeden von uns. Seinen Neffen
Robbie, seine Nichte Katinka und seinen Neffen Alf.

Unser Onkel sah zwar gruselig aus, aber seine Augen waren hell und lachten.

„Mann", sagte er. „Das wurde aber mal Zeit, dass wir uns kennenlernen!"

Seine Stimme hörte sich an, wie wenn man Steine gegeneinanderreibt.

Wir gingen raus, es war schön warm. Jetzt wäre es bestimmt toll auf unserer Decke gewesen, mit einem Eis in der Hand. Oder im Nichtschwimmerbecken. Oder am Trainingsplatz neben dem Stadion. Überall. Nur nicht in unserem alten, stinkigen Auto.

Wir fuhren mit Onkel Carl nach Hause. Zu Kaffee und Kuchen.

Onkel Carl freute sich mächtig darauf. Er hatte das schon so lang nicht mehr gehabt, sagte er, so was richtig Deutsches: Kaffee und Kuchen. Mit Schlagsahne. Und mit einem weißen Tischtuch. Wir fuhren durch die Stadt. Onkel Carl guckte nach draußen. Alles, was er sah, fand er gut. Das Rathaus, den Marktplatz, sogar die Straßenbahnen.

„Mann, hier ist alles so was von alt und schnuckelig!", seufzte er. „So verdammt ruhig!"

Wir wussten nicht viel von ihm. Eigentlich nur, dass er seit einer Ewigkeit in Los Angeles wohnte. Im

Internet gab es etwa zehn Millionen Bilder von Los Angeles. Eine Stadt, die so groß war wie ein Land. Die Autobahnen breit wie Landepisten. Und an jeder Ecke gab es einen McDonald's oder einen Burger King. Und am Rand das Meer.

Als wir fertig waren mit Kaffee und Kuchen, wollten wir los. Es war erst vier. Da war noch Zeit.

„Jetzt noch?", fragte Papa.

Wir nickten. Robbie musste endlich mal vorwärtskommen.

„Und eure Hausaufgaben?", fragte Mama.

„Machen wir im *Pissien*", sagte Katinka.

„Wo?", fragte Onkel Carl.

„Im Schwimmbad."

Onkel Carl lachte. „Ah, Mademoiselle spricht Französisch!"

„Ja. Du auch?"

„Nur ein bisschen."

„Dann musst du mehr üben."

„Na ja …"

„Ich kann dir Nachhilfe geben. Kostet nur fünf Euro für eine Stunde!"

„Okay, *all right*. Werd's mir überlegen …"

21

Wir beeilten uns. Unterwegs fragte ich mich, warum wir nicht einfach zu Hause geblieben waren. So ein freier Tag war doch eigentlich ganz schön. Einfach mal abhängen. Fernseh gucken. Meine Rennbahn aufbauen. In dieses Boxstudio gehen und gucken, was die gerade machten. Mich mit Thorben treffen.

Aber das Freibad zog uns magisch an, ich schwöre, so war es.

Heute war es ziemlich voll. Wenn die Sonne scheint, kommen immer alle.

Das Wasser war aber immer noch kalt.

Wir versuchten es diesmal ohne die Schwimmnudel, aber irgendwas stimmte heute nicht mit Robbie. Er hielt sich schlapp an uns fest und hatte null Lust zu trainieren.

Außerdem war er bleich wie der Mond.

„Alles klar?", fragte ich ihn.

Er schüttelte den Kopf.

Wir schafften es gerade noch bis zu den Toiletten. Er spuckte die Kloschüssel voll.

„Das kommt bestimmt von der vielen Torte", sagte Katinka.

„Ich fand die lecker", sagte ich.

„Ja, weil du so ein Gierschlund bist …"

Als wir wieder rauskamen, stand Adil da. „Gibt es Problem?", fragte er.

„Unserem Bruder ist kotzübel", sagte Katinka. „Hast du eine Medizin?"

Noch ein anderer Bademeister kam, und sie brachten Robbie in ein kleines Zimmer neben der Kasse. Tausend Sachen lagen da herum, zum Beispiel eine große Kiste mit Badehosen, Taucherbrillen und Handtüchern. Alles Sachen, die die Leute hier vergessen hatten.

Sie legten Robbie auf eine Liege und gaben ihm Wasser zu trinken. Er sagte kein Wort, sondern guckte nur immer an die Wand. An der Wand hing ein Foto, so eins von früher, in Schwarzweiß. Worauf man sehen konnte, wie es hier im Freibad vor hundert Jahren ausgesehen hatte. Oder vor tausend. Was weiß ich.

Dann kam das Walross. Es sah sich Robbie an und fühlte ihm den Puls.

„Eure Eltern müssen kommen und ihn abholen."

Wir gaben ihm Mamas Telefonnummer, und es rief zu Hause an. Dann ging es wieder raus.

Danach saßen wir rum und warteten. Adil war auch noch da. Robbie war eingeschlafen, ich war auch müde. Katinka versuchte, Adil Französisch beizubringen, aber er wollte nicht.

„Muss lernen viel Deutsch", sagte er. „Ist wichtig!"

„Wo kommst du eigentlich her?", fragte sie.

„Syrien."

„Bist du ein Flüchtling."

„Ja …"

„Ist es warm in Syrien?"

„Ja. Sehr warm."

„Hier ist es andauernd kalt … Da frierst du bestimmt ganz oft …"

„Ja."

In diesem Moment kam wieder jemand rein. Nicht jemand. Johanna! Ich war sofort wieder wach.

Mein Herz wummerte, und mir wurde heiß.

Aber ich tat so, als wäre nichts.

Johanna setzte sich neben Adil, er erklärte ihr, was los war. Sie sagte, dass vor ein paar Tagen schon mal jemandem schlecht geworden war. Nach dem Rutschen.

„Das geht aber auch höllesteil runter", sagte Katinka. *„Oh là là!"*

„Ja, echt", sagte Johanna. „Als ich das erste Mal da runter bin, da hatte ich so was von Schiss. Also, das war so …"

Katinka sagte, dass es die beste Technik ist, wenn man einfach runterrutscht und gut. Bloß nicht lange oben stehen und überlegen.

Johanna fand das auch. Sie redeten und redeten. Dabei beachteten sie mich überhaupt nicht. Es war, als wäre ich gar nicht da.

Das ärgerte mich.

„Ich fand das überhaupt nicht steil", sagte ich laut. Obwohl das nicht genau stimmte. Ich hatte nämlich auch Angst gehabt. Und zwar richtig. Diese Rutsche war ziemlich fies. Sie ging fast senkrecht runter.

Sie guckten mich beide an. So wie Mädchen manchmal gucken. Genervt.

„Ach, echt?", sagte Johanna.

Es war das erste Mal, dass sie was zu mir sagte.

„Ja, echt", antwortete ich. Und ich lief rot an, das merkte ich genau.

„Jungs tun immer so", sagte Johanna. Aber nicht zu mir. Zu Katinka.

„Ja, genau", sagte meine Schwester, die blöde Ziege. „Und auf dem Fünfer hat er sich angestellt, als wär das zwanzig Meter hoch!"

Johanna lachte.

Ich hätte Katinka gerne eine reingehauen. Aber ich traute mich nicht. Nicht vor Johanna.

Ich wollte was sagen, wusste aber nicht, was.

Zum Glück kam jetzt Mama rein. Sie lief aufgeregt zu Robbie, der wieder wach war, setzte sich zu ihm und streichelte über sein Haar.

„Wie geht es dir, mein Schatz?", fragte sie besorgt.

„Gut", sagte er schlapp. Er hatte wieder etwas mehr Farbe im Gesicht.

„Kommt, wir fahren gleich los", sagte Mama. „Packt eure Sachen. Robbie muss ins Bett!"

Als wir rausgingen, lächelte Katinka Johanna zu, als wären sie die besten Freundinnen. Johanna lächelte zurück. Ich lächelte nicht.

22

Ich war immer noch stinksauer, ich meine, auf Katinka.

Sie saß hinten im Auto neben Robbie und erzählte Mama von ihrer Lehrerin, Frau Knöppke-Dieckmann.

„Die hat immer so Kleider an wie Säcke", sagte sie.

Mama hatte keine Lust, sich über Frau Knöppke-Dieckmann zu unterhalten. Sie war besorgt wegen Robbie. Aber Katinka war das egal.

„Und so Entenschuhe, Mama! So ausgelatschte Treter!"

„Ist doch jetzt nicht so wichtig, Katinka", sagte Mama. „Nun gib doch mal Ruhe."

„Und weißt du, was die zu Lara gesagt hat? Die hat gesagt, Lara soll sich nicht immer so schick anziehen. Stell dir das mal vor, Mama!"

Mama seufzte. Und zwar sehr, sehr laut.

„Frau Knöppke-Dieckmann ist auf jeden Fall eklig", sagte Katinka und klatschte fröhlich in die Hände. Sie hatte gute Laune.

„Da war kein Zehner", sagte Robbie plötzlich.

„Was?", fragte Mama.

„Da war kein Zehner."

„Wo?"

„Früher."

„Wann früher? Wo?"

„Im Freibad. Als alles noch grau war."

Ich kapierte, was er meinte, und erzählte Mama von dem Foto. Mama erklärte uns, dass es vor hundert Jahren noch keine Farbfotos gab. Nur schwarzweiße.

„Und keine Zehner", sagte Robbie. Junge, er legte sich richtig ins Zeug heute, so viel, wie er redete!

Als wir nach Hause kamen, saß da Onkel Carl. Den hatte ich komplett vergessen. Er saß auf dem Sofa und guckte mich aus seinem Gruselgesicht nett an. Mein Onkel. Ich musste mich erstmal daran gewöhnen, dass ich einen hatte und er hier war.

„Na, wie war's?", fragte er.

Ich erzählte ihm das mit Robbie. Das mit Johanna aber nicht.

„Ich war auch immer in eurem Freibad", sagte er. „Als ich noch so'n Junge war wie du."

Er ging zum Kühlschrank, holte sich ein Bier raus, knackte es mit seinem Feuerzeug und setzte sich wieder hin.

„Ich war da immer mit deinem Papa. Der ist ja ein paar Jahre jünger als ich. Musste immer auf ihn aufpassen. War nicht immer lustig. Aber na ja …"

Er nahm einen langen Schluck aus seiner Flasche.

„Was machst du eigentlich in Amerika?", fragte ich.

„Ach, so dies und das", sagte er. „Ich war lange Briefträger. Hab auch schon im Schlachthof gearbeitet. Und sogar auf dem Friedhof."

Das fand ich jetzt richtig interessant. Ich stellte ihn mir vor, wie er Tote in die Erde legte und sie dann zubuddelte. Ich wollte ihn fragen, ob er auch schon Zombies gesehen hatte, da kam aber Katinka an und setzte sich neben ihn aufs Sofa. „Gefällt es dir bei uns, Onkelchen?", fragte sie.

„Ja, schon", sagte Onkel Carl. „Ist 'ne Menge los bei euch, wie's aussieht."

„Hast du eine Frau?"

„Nee. Ich war mal verheiratet. Ist aber schon länger her …"

„Und Kinder?"

„Nee. Auch nicht."

„*Oh là là*", rief Katinka aus. „Noch nicht mal Kinder!"

Onkel Carl lachte. „Aber jetzt hab ich ja euch!"

Robbie hatte Magen-Darm und musste zwei Tage im Bett bleiben. Also gingen Katinka und ich allein los. Wir hatten endlich mal Zeit, in Ruhe zu trainieren. Ich sprang noch zweimal vom Fünfer, Katinka schaffte eine Bahn Kraul, mehr aber nicht. Johanna ließ sich nicht blicken. Das Walross hatte wie immer schlechte Laune. Als ein Gewitter aufzog, mussten alle aus den Becken raus. Der Regen knallte aufs Wasser, und der Himmel war dunkelgelb.

Ein paar Tage später stand Onkel Carl vor der Schule und wartete auf uns. Bevor wir ihn fragen konnten, was das sollte, sagte er: „Jetzt holen wir Robbie ab, und dann gehen wir alle zusammen ins Freibad."
Wir guckten uns an.
„Ich will da auch mal wieder hin", sagte er. „Ich war da ja schon lange nicht mehr."
Ich dachte, bestimmt ist es eine gute Idee, wenn wir diesmal durch das Viertel laufen, das mit den vielen Läden. Bestimmt wird er uns einladen. Ich hatte Lust auf Eis. Und so kam es auch. Wir setzten uns in eine Eisdiele und durften uns aussuchen, was wir wollten. Robbie war wieder komplett gesund und bestellte sich ein Riesen-Spaghetti-Eis.

23

Onkel Carls Badehose war so was von krass! Sie war hellgrün und total ausgeleiert. Sie ging ihm fast bis zum Bauchnabel! Alle guckten, als er mit Robbie ins Nichtschwimmerbecken stieg, das war echt peinlich. Robbie fand es gut, dass Onkel Carl dabei war. Wir auch, aber nicht so wie Robbie. Robbie mochte Onkel Carl von uns dreien am meisten.

Er konnte nicht so gut schwimmen wie Papa, aber immerhin. Das kalte Wasser machte ihm nicht viel aus, vielleicht, weil er so dick war. Fett schützt ja vor Kälte. Er sprang auch vom Einer, mit Anlauf, es sah total bescheuert aus. Und plötzlich war auch Johanna da und bekam alles mit.

Als wir später auf der Decke saßen, erzählte Onkel Carl von Amerika. Das hätte mich eigentlich interessiert, aber ich hörte trotzdem nicht richtig hin, weil Johanna in der Nähe stand und zu uns rüberguckte. Katinka winkte ihr lässig zu. Johanna hatte ein türkises T-Shirt an, auf dem in Goldschrift LOVE stand. Ich fühlte mich plötzlich ganz anders als sonst, ich meine, überall im Bauch und runter bis in die Fußsohlen. Mein Kopf war heiß, als wäre ich krank. Aber das war ich nicht.

Ich guckte ständig zu Johanna, ich konnte nicht anders.

„Ja, die schaut nett aus, die Kleine", sagte Onkel Carl. „Hast 'nen guten Geschmack, Alf!"

Katinka fing an zu kichern. Ich war sauer und verpasste ihr eine Kopfnuss*. Aber das machte ihr nicht viel aus. Sie kicherte weiter. Und Robbie guckte in die Wolken.

Ich ging rutschen, da war ich sie erstmal alle los. Ich kletterte die steile Treppe nach oben und stellte mich in die Schlange. Vor mir stand einer der Jungs aus Mali, er hatte gute Laune und lachte mich an.

Ich rutschte vielleicht zehnmal. Immer wenn es abwärts ging, für diesen kurzen Moment, fühlte ich mich absolut genial.

Danach ging ich zum 50-Meter-Becken, setzte mich auf die kleine Tribüne am Rand und guckte den Leuten beim Schwimmen zu.

Da war ein Typ in so einem schwarzen Gummianzug gegen die Kälte. Er hatte auch noch eine schwarze

---

* **Kopfnuss** Schlag mit der Faust / den Fingerknöcheln auf den Kopf

Badekappe auf und eine Schwimmbrille mit schwarzen Gläsern. Er kraulte eine Bahn nach der andern. Wenn er am Beckenrand angekommen war, machte er zum Wenden eine Rolle, voll der Profi. Es war ihm egal, ob ihm jemand entgegenkam, er kraulte sie einfach alle weg.

Dann war da eine alte Frau, sie schwamm ganz langsam, wie eine Seekuh. Ich fragte mich, wie sie das machte, ich meine, so langsam zu schwimmen und nicht unterzugehen. Sie war sehr dick, das war es wohl. Fett schwimmt ja oben.

Ein Typ redete laut mit sich selbst, während er schwamm, das war unheimlich. Er hatte eine tiefe Stimme und erzählte sich was.

Zwei junge Frauen schwammen nebeneinander und quatschten dabei. Sie sahen exakt gleich aus. Bestimmt Zwillinge.

Und dann war da ein Mann, der keine geraden Bahnen schwamm wie alle anderen, sondern quer durchs Becken. Ein paar Leute regten sich auf – aber er lachte bloß.

Der Typ im Gummianzug fing jetzt an, Delfin zu schwimmen. Dabei krachte er mit der Seekuh zusammen. Er entschuldigte sich noch nicht mal. Die Seekuh stieg aus dem Wasser und setzte sich auf die Tribüne.

Ein paar Tränen kullerten ihr aus den Augen, das konnte ich ganz genau sehen.

Die Zwillinge kamen auch aus dem Becken. Sogar ihre Badeanzüge waren gleich. Sie trockneten sich ab, beide mit hellblauen Handtüchern.

Dann wurde es langweilig, und ich ging zurück zu unserer Decke. Katinka war nicht mehr da, auch von Johanna war nichts zu sehen. Robbie schlief. Onkel Carl las Zeitung.

Ich setzte mich zu ihm. Er freute sich, als er mich sah, las aber gleich weiter. Ich guckte zu den Jungs auf der Decke neben uns. Sie hatten alle Smartphones. Ich hätte auch gern eins gehabt, aber Papa wollte nicht. Erst nach den Ferien durfte ich.

Ich beobachtete die Grashalme.

Ich beobachtete Adil, der am Nichtschwimmerbecken stand und mit einem Mann redete.

Ich beobachtete zwei Krähen, die sich um eine Pommes stritten.

„Nichts zu tun, Alf?", fragte Onkel Carl.

„Nöö …"

„Freut mich, mal wieder hier zu sein! Hat sich fast nichts verändert seit früher."

„Echt nicht?"

„Sogar die alten Einzelkabinen sind noch da."

„Ich war noch in keiner drin", sagte ich. „Das kostet extra. Drei Euro."

„War früher auch schon so … Wir haben aber manchmal eine gefunden, die nicht abgeschlossen war. Wir da also rein und erstmal anständig eine gequalmt. So war das …"

Ich versuchte ihn mir vorzustellen, wie er als Junge war. Und ob er da auch so eine krasse Badehose anhatte.

„Wir haben andauernd was angestellt", erzählte er. „Einmal haben wir hier übernachtet und waren im Wasser. Der Mond hat aufs Becken geschienen, das sah schön aus!"

„So was hast du gemacht?", rief ich.

„Klar, Mann, das hab ich!"

„Und? Seid ihr entdeckt worden?"

„Nee. Wir doch nicht!" Er guckte zufrieden.

In diesem Moment wusste ich genau, dass wir exakt das auch tun würden: im Freibad übernachten.

Ich spürte Onkel Carls Blick – und wusste, dass er genau mitbekam, was ich dachte. Er grinste. Ich grinste zurück. Das genügte.

Jetzt tauchte Katinka auf.

„Wo warst du?", fragte ich.

„Geht dich nichts an", antwortete sie. Wahrscheinlich war sie mit Johanna zusammen gewesen. Das ärgerte mich.

Robbie wachte auf. Sofort wollte er wieder los, ins Wasser. Er griff nach Onkel Carls Hand und zog daran.

„Oh Mann, Robbie!", seufzte Onkel Carl. „Muss das sein?"

Robbie nickte. Es musste.

Kapitel 17–23

1. **Finde die Antworten im Buchstabengitter und markiere sie. Auch das angegebene Kapitel hilft dir, die Fragen zu beantworten.**

   1 Wie alt ist Johanna? (Kapitel 17)
   2 Aus welchem Land kommen die drei Jungs, mit denen der Chef des Freibads, das Walross, schimpft? (Kapitel 18/19)
   3 Welche Sprache sprechen die drei Jungs? (Kapitel 19)
   4 In welcher Stadt wohnt Onkel Carl? (Kapitel 20)
   5 Als was arbeitet Adil aus Syrien? (Kapitel 21)
   6 Was gab es auf dem alten Foto in dem kleinen Zimmer neben der Kasse noch nicht? (Kapitel 22)

Z	E	H	N	E	I	N	H	A	L	B
O	C	Z	L	B	R	U	W	K	L	M
B	H	D	O	H	H	V	M	D	Y	D
X	R	J	S	E	S	P	A	Q	I	V
A	D	T	A	T	L	K	L	Ü	G	K
F	R	A	N	Z	Ö	S	I	S	C	H
R	W	D	G	O	V	L	Ä	G	Z	T
B	A	D	E	M	E	I	S	T	E	R
S	R	T	L	I	K	O	L	T	G	B
F	W	Z	E	H	N	E	R	S	K	N
T	Z	B	S	C	H	L	K	T	Ü	H

2. Wie fühlt sich Alf in Johannas Nähe? Kreise ein.

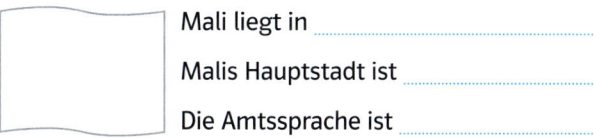

unsicher   glücklich   stark   aufgeregt

tollpatschig   wütend   cool   kribbelig

3. Mali: Suche das Land im Atlas und recherchiere im Internet. Male die Flagge und ergänze die Sätze.

Mali liegt in _____

Malis Hauptstadt ist _____

Die Amtssprache ist _____

4. Zusatzaufgabe: Recherchiere auch, wie die politische Situation in Mali ist. Suche im Internet nach Antworten oder befrage Erwachsene.
Warum sind die drei Jungs aus Mali in Deutschland? Schreibe deine Vermutung auf.

5. Als Onkel Carl jung war, hat er etwas Besonderes im Freibad unternommen (Kapitel 23). Das möchte Alf auch machen. Was ist gemeint? Antworte in einem Satz.

24

Wir kamen einfach nicht vor-
wärts mit dem, was wir uns vorgenommen hatten.
Robbie schwamm zwar wieder ohne Nudel, das war es
aber auch schon. Katinka schaffte mittlerweile zwei
Bahnen Kraul. Und ich war noch nicht mal oben auf
dem Siebeneinhalber gewesen, um herauszufinden, wie
es da so war.
Wir lagen auf der Wiese oder gingen rutschen, wir spielten mit ein paar anderen Kindern Fußball auf dem kleinen Platz neben dem Volleyballfeld, wir aßen Pommes
oder guckten in die Luft … richtig üben aber taten wir
nicht. Es war ja erst Juni, der Sommer war noch lang.
Einmal durfte Katinka sich Johannas Kaninchen
anschauen. Sie hatte drei Kaninchen, ein hellgraues,
ein braunes und ein schwarzes. Sie wohnten in einem
großen Stall hinter dem Haus und bekamen immer
mit, was auf dem Trainingsplatz los war und was die
Spieler sich zuriefen.

Ich wollte mir die Kaninchen auch angucken, und auch Johannas Zimmer. Aber sie redete fast nie mit mir.

Onkel Carl war wieder weg, ich meine, für ein paar Wochen. Er hatte sich ein kleines Auto gekauft und wollte ein bisschen damit herumfahren, in Süddeutschland und Frankreich.

Mama und Papa mussten für zwei Tage nach Berlin, zu unserer Oma, weil die krank war. Wir mussten zu Gunda, einer Freundin von Mama. Sie kam auch mit ins Freibad. Das war die Hölle.

Wir mochten Gunda überhaupt nicht. In ihrer Wohnung roch es alt und nach komischem Essen. Sie hatte einen kleinen Hund, der wie eine Ratte aussah und uns immer anbellte. Wenn Gunda lachte, klang es wie ein schreiender Esel.

Sie setzte sich auf die Decke und schmierte sich zentimeterdick mit Sonnencreme ein. Dann rauchte sie eine Zigarette nach der anderen. Sonst tat sie nicht viel.

In zwei Wochen gab es Zeugnisse – und dann musste ich die Schule wechseln. Mama und Papa hatten sich für die Gutenberg-Schule entschieden, sie war nur fünf Minuten von uns zu Hause weg. Ein paar andere Kinder

aus der Klasse gingen da auch hin. Die meisten mochte
ich nicht besonders.

Ich hatte keine Lust auf eine neue Schule. Ich wollte,
dass alles so blieb, wie es war. Aber das ging nicht.
Andauernd ändert sich immer alles.

25

Am letzten Schultag veranstalteten unsere Lehrer und ein paar Eltern am Nachmittag ein Grillfest auf dem Schulhof. Sie hatten Stellwände aufgebaut, mit Fotos von unserer Klasse, aus allen vier Schuljahren. Ich war auch drauf, mit meiner Schultüte, ich sah aus wie ein Baby. Oder Fotos von den Klassenfahrten. All so Fotos eben. Die Eltern standen davor und sagten: „Oh! Guck doch mal, wie süß die damals waren!" Papa und Mama waren auch da, und Katinka und Robbie. Papa unterhielt sich mit dem Direktor, garantiert über mich. Ich beobachtete die beiden. Der Direktor machte ein saures Gesicht, so, als würde er sich Sorgen machen über meine Zukunft. Papa aber blieb ganz cool. Er hörte zu, nickte kurz und ließ den Direktor dann stehen. So ist Papa.

Mama unterhielt sich mit der Mutter von Thorben. Sie lachten.

Katinka spielte Federball mit Max. Max war der, der mir auf der Klassenfahrt Wasser ins Bett gekippt hatte. Absichtlich. Er sollte auch auf die Gutenberg-Schule. Robbie saß auf einer Bank und guckte vor sich hin. Junge, wenn ich nur wüsste, was er so denkt, wenn er so guckt.

Um fünf war alles vorbei, und wir sollten nach Hause. Wir hatten aber unsere Schwimmsachen dabei. Und das Freibad war ganz in der Nähe.

„Heute mal nicht", sagte Papa. „Heute mal ganz Familie!"

„Och …", machte ich.

„Familie wieder um sieben", sagte Katinka und schaute Papa freundlich an. Es war der Blick, der meistens bekam, was er wollte.

„Es sind doch Ferien", sagte sie. „Da könnten wir doch sogar bis acht bleiben. Und wir fahren doch auch nicht weg …"

Das stimmte. Wir fuhren nie irgendwohin weg, ich meine, in den Ferien. Außer mal vielleicht nach Cuxhaven. Für einen Tag.

„Also gut", sagte Papa. „Und hier sind fünf Euro. Kauft euch was Schönes."

An diesem Tag passierte noch einiges.

Katinka war mit Robbie im Wasser, sie übten und übten.

Ich lag auf der Decke und dachte an nichts. Die Sonne schien mir aufs Gesicht, das genügte.

Plötzlich wurde es dunkel. Jemand musste direkt über mir stehen. Wahrscheinlich Katinka. Wahrscheinlich wrang sie gleich ihren Badeanzug über mir aus. Das kannte ich schon.

„Geh mir aus der Sonne", sagte ich.

Aber es war nicht Katinka.

„Kannst du mal helfen?", fragte eine Stimme, die ich kannte.

Ich machte die Augen auf. Da stand Johanna! In ihrem LOVE-T-Shirt!!

„Was …?", fragte ich nervös.

„Ich hab 'nen Platten."

„Äh …", stotterte ich. „Ich … klar …"

„Komm mit", sagte sie.

Ihr Fahrrad stand auf dem kleinen Hof vor dem Haus. Ich dachte, gleich kommt der Chef raus und will wissen, was ich hier zu suchen habe. Aber Johanna sagte, ihr Vater wäre in der Stadt, einkaufen. Und sie musste in einer halben Stunde zum Ballett.

Der Vorderreifen war platt. Sie zeigte auf einen Werkzeugkasten. „Da ist bestimmt alles drin, was du brauchst."

Ich nickte.

Die Sache war nun so: Ich hatte schon mal Reifen geflickt, Papa hatte mir das beigebracht, aber ich war trotzdem kein Spezialist. Es hatte meistens nicht geklappt. Um ehrlich zu sein: nie. Irgendwas hatte ich immer falsch gemacht.

„Kein Problem", sagte ich. „Das kriegen wir hin."

Sie lächelte mich an und setzte sich in einen Liegestuhl. Vorderreifen sind viel einfacher als Hinterreifen. Trotzdem fing ich an zu schwitzen. Ich war froh, dass ich das Laufrad ziemlich leicht rausbekam, immerhin. Ich merkte, dass Johanna mich genau beobachtete.

Dann musste ich den Mantel abkriegen und kramte im Werkzeugkasten nach dem richtigen Werkzeug.

Auch den Mantel bekam ich ab, jetzt musste ich das Loch im Schlauch finden.

„Ich bräuchte einen Eimer mit Wasser drin", sagte ich.

Johanna brachte ihn mir und setzte sich wieder in ihren Liegestuhl. Ich pumpte den Schlauch auf und hielt ihn so lange unter Wasser, bis ich das Loch fand.

Jetzt kam das mit dem Flicken dran: erst was aus der Tube über das Loch schmieren, dann trocknen lassen und den Flicken draufkleben.

Ich weiß auch nicht, warum, aber diesmal klappte es. Ich pumpte den Schlauch noch einmal auf und hielt ihn wieder ins Wasser. Alles okay! Ich war echt überrascht. Ich schaffte es sogar, das Rad wieder einzubauen. Ich war ein Könner!

„Fertig!", sagte ich.

„Sehr gut", sagte Johanna. „Dann kann ich ja endlich mal los."

Sie schob ihr Rad bis zum Ausgang. Dort drehte sie sich um und winkte mir zu. Das war alles.

Als ich wieder zur Decke kam, saßen da Katinka und Robbie. Sie wollten wissen, wo ich gewesen war. Ich sagte es ihnen.

„Sieht man", meinte Katinka und zeigte auf meine Hände. Sie waren, wie Hände eben sind, wenn du Fahrräder reparierst. Wie von einem Mechaniker.

Ich wischte sie an meinem Handtuch ab. Sonst war ja nichts da.

Kurz danach zogen wir ab.

Am Fluss war wieder viel los. Grillpartys, Fußball, Leute, die tanzten, mit Bierflaschen in der Hand, Liebespaare. In ein paar Jahren würde ich auch da sitzen. Absolut sicher.

Dann sahen wir den Mann.

Er schob ein Fahrrad mit Anhänger von Mülleimer zu Mülleimer und wühlte darin nach leeren Flaschen. Auch über die Wiese ging er und sah nach. Sein Anhänger war schon voll mit Bier- und Limoflaschen.

Robbie fand den Mann sofort gut. Er rannte los, zog aus dem Gebüsch am Ufer eine Flasche hervor und brachte sie ihm. Der Mann sah ihn an und lachte.

„Danke, Kleiner! Das ist aber nett!" Er hatte eine raue Stimme. Sie passte gut zu seinem struppigen Bart.

„Du hast schon ganz viele Flaschen", sagte Robbie. „Hast du die alle hier gefunden?"

„Ja", sagte der Mann. „Hier und woanders."

„Und was machst du damit?"

„Hol mir das Pfand. Bei Penny."

„Wie viel kriegst du dafür?"

Katinka und ich konnten es nicht glauben. Robbie hatte mehr als ein paar Worte gesprochen. Ganze Sätze! Robbie *unterhielt* sich mit jemandem!

„Fünf Euro vielleicht", sagte der Mann. „Oder vielleicht auch sechs. Mal sehen …"

„Soll ich dir suchen helfen?", fragte Robbie. „Ich bin nämlich ein Sachenfinder!"

„Nee, lass mal, Kleiner", sagte der Mann. „Du musst bestimmt nach Hause. Ist ja schon spät."

„Wo wohnst du denn?", wollte Robbie wissen.

„Dahinten gleich", sagte der Mann. „Unter dem Torbogen."

Wir gingen neben ihm her, bis zum Torbogen am Ufer. Dort stand sein Bett. Und ein kleiner Schrank. Und ein Regal mit Büchern. Wie bei jemandem in der Wohnung. Nur eben draußen.

„Du hast dein Bett aber ordentlich gemacht", sagte Robbie. „Bei mir macht das immer Mama oder Papa."

„Obwohl du das auch langsam mal selber machen könntest, Kleiner, oder?"

Robbie nickte. „Wie heißt du denn?"

„Konrad. Und Konrad will jetzt was lesen. Und danach bringt er die Flaschen weg."

Er setzte sich auf einen kleinen Campinghocker. „Tschüss, ihr drei. Bis bald mal!"

26

Kaum waren wir zu Hause, warf Robbie sich in sein frisch gemachtes Bett und sprang darin herum. Als es schön zerwühlt war, fing er an, es ordentlich zu machen. Robbie machte sein Bett! Robbie!!

Ich hatte mein Bett erst ein paarmal selber gemacht, in der Jugendherberge. Da mussten wir das. Ich sah meinem kleinen Bruder zu, wie er am Laken zog und an der Decke, um sie glatt zu kriegen. Er hängte sich voll rein.

„Was ist los, Robbie?", fragte Papa.

Robbie zog weiter an seiner Decke und dem Laken. Auch das Kissen strich er glatt.

„Alles in Ordnung?", fragte Papa.

Robbie nickte.

Wir erzählten Papa das mit dem Mann. Er sagte, den hätte er auch schon gesehen, auch sein Bett und die anderen Sachen.

„Der hat es echt gemütlich da, der Penner", sagte Katinka.

„Erstens heißt das nicht Penner, sondern Obdachloser", sagte Mama, „und zweitens ist das wohl kaum besonders toll so ohne Wohnung. Besonders im Winter."

„Kann schon sein", rief Katinka und kniete sich auf den Boden, um Kopfstand zu machen. „Wenn ich groß bin, werde ich Model. Dann wohne ich in Paris und laufe mit schicken Kleidern durch die Stadt und rieche lecker."

Mama zeigte auf Katinkas Fingernägel. „Du hast schon wieder meinen Nagellack geklaut. Dafür bist du viel zu klein!"

„Das meint Frau Knöppke-Dieckmann auch immer", sagte Katinka. „Aber das ist mir so was von egal!" Sie stand jetzt kerzengerade in der Luft, umgekehrt.

Papa lachte. Mama nicht. Es ärgerte sie, wenn Katinka freche Sachen sagte und Papa sich freute.

„Am besten, ihr macht von jetzt ab alle euer Bett selber", sagte sie. „Das ist ein guter Anlass."

„Ich kann gerade nicht", sagte Katinka. „Ich bin umgekehrt!"

27

Anfang Juli war wieder Training, ich meine, nebenan. Die neue Bundesliga-Saison ging bald los, und die Spieler kamen aus den Ferien.

Manchmal, wenn wir uns im Freibad langweilten, gingen wir zwischendurch zum Trainingsplatz und schauten zu, wie die Spieler Freistöße übten oder vier gegen vier. Und wie sie nach dem Training Autogramme gaben oder sich mit jemandem hinstellten für Selfies. Bundesligaspieler sind Stars. Alle wollen was von ihnen. Wir wollten auch.

Wir holten uns so oft wie möglich Autogramme. Die meisten Spieler waren nett und ließen sich Zeit, nur ein paar von ihnen taten so, als wären sie berühmt wie Ronaldo. Sie guckten uns arrogant an, kritzelten ihren Namen auf das Blatt Papier, das wir ihnen hinhielten, und wollten sofort weiter.

Zum Beispiel Alfonso Blasio.

Alfonso Blasio guckte mich noch nicht mal an und Robbie auch nicht. Er sagte auch nicht Hallo. Nur Katinka sah er an, und auch nur deshalb, weil sie ihm ihren Fuß hinhielt. Auf den Arm wollen immer alle ihre Autogramme haben – das ist nichts Besonderes. Katinka fand es schicker auf dem Fuß.

„Hää???", machte Alfonso Blasio.

„Schreib aber ganz ordentlich", sagte Katinka. „Nicht so kritzelig wie bei dem anderen Mädchen eben …"

„Hää???", machte Alfonso Blasio noch einmal. Er war schon seit ein paar Jahren hier, trotzdem konnte er noch fast kein Deutsch. Er war von oben bis unten tätowiert, Arme, Beine, Hals, Kopf, alles. Keine freie Stelle mehr. Katinka stand auf ihrem linken Fuß und hielt Alfonso Blasio ihren rechten hin. Sie war megagelenkig und hielt ihm ihren Fuß fast unter die Nase. Er kapierte aber nicht, was sie von ihm wollte.

„Nun mach schon!", rief sie. „Ich kann doch nicht ewig rumstehen wie ein Flamingo."

Vielleicht ärgerte sich Alfonso Blasio über Katinkas schwarze Füße. Oder er kapierte wirklich nicht, was sie von ihm wollte. Auf jeden Fall ging er einfach weiter und beachtete sie nicht.

Katinka lief hinter ihm her.

„Bleib doch mal stehen, Alfonso Blasio!", rief sie. Sie holte ihn ein und hielt ihm wieder ihren Fuß hin. „Schreib deinen Namen drauf! Ich hab auch einen Filzstift. Hier!" Alfonso Blasio sah meine Schwester an, als hätte sie ihn um Geld angebettelt. Dann kritzelte er seinen Namen auf ihren Fuß.

„Siehste, geht doch", sagte Katinka. „Und üb noch ein bisschen Elfmeterschießen, Alfonso Blasio. Damit das nicht wieder so kommt wie beim letzten Mal gegen die Bayern. Da hast du drei Meter übers Tor geschossen und wir hätten vielleicht noch gewonnen. Pass bloß besser auf!" Doch Alfonso Blasio hörte ihr gar nicht zu. Er stieg in seinen roten Ferrari und brauste davon.

Robbie stand dabei und kümmerte sich null um das alles. Er beobachtete die ganze Zeit einen Hund, der an einem Fahrradständer festgebunden war. Der Hund sah gefährlich aus. Sehr gefährlich. Er war groß und hatte eine eckige Schnauze. Seine Augen waren wie die von einem Schwein. Er zerrte an seiner Leine und bellte jeden an, der an ihm vorbeikam.

Robbie beobachtete den Hund. Ich beobachtete Robbie. Du kannst nie wissen bei ihm. Manchmal macht er verrückte Sachen.

Ich hätte ihn auch gut unter Kontrolle gehabt, wäre nicht plötzlich Johanna aufgetaucht. Sie kam aus dem Freibad, mit ihrer Freundin. Sie sah wieder so schön aus, dass ich dachte, das gibt's doch nicht.

Und als mir Robbie wieder einfiel, stand er bei dem Hund. Ganz dicht dran.

Der Hund fletschte die Zähne und versuchte, an Robbie ranzukommen, aber ihm fehlten noch ein paar Zentimeter.

„Robbie!", rief ich erschrocken. „Geh da weg!"

Aber das tat er nicht. Er hielt dem Hund seine kleine Hand hin.

Und ich war sicher, der Hund würde sie ihm abbeißen. Ich war wie gelähmt, ich meine, ich stand wie angewurzelt da und konnte nichts mehr machen. Auch Katinka stand da und starrte auf Robbie.

Ein paar Leute starrten ebenfalls.

Sogar ein paar von den Spielern.

Der Hund fletschte und knurrte. Plötzlich aber hörte er damit auf und ließ sich von Robbie streicheln, als sei nichts gewesen, als sei er der liebste und süßeste Wauwau. Er fing an, Robbies Hand abzuschlecken, und winselte dabei. Und Robbie lächelte.

Kapitel 24-27

1. **Bringe die Geschehnisse in die Reihenfolge, in der sie im Buch erzählt werden. Nummeriere.**

   ☐ Katinka bekommt ein Autogramm von Alfonso Blasio.

   ☐ Robbie unterhält sich mit dem Obdachlosen Konrad.

   ☐ Am letzten Schultag gibt es ein Grillfest für Alfs Klasse.

   ☐ Onkel Carl ist mit seinem neuen Auto unterwegs.

   ☐ Robbie streichelt einen gefährlich aussehenden Hund.

   ☐ Johanna hat einen Platten und bittet Alf um Hilfe.

2. **Antworte so knapp wie möglich in eigenen Worten.**

   Worüber unterhalten sich Robbie und der Flaschensammler Konrad? (*Tipp:* Lies Seite 94–95.)

   Was ist Katinkas Traumberuf? (*Tipp:* Lies Seite 96–97.)

3. Suche dir eine der folgenden Situationen aus:
   − Alf repariert Johannas Reifen (Kapitel 25)
   − Katinka bekommt ein Autogramm (Kapitel 27)
   − Robbie nähert sich dem Hund (Kapitel 27)
   Lies die Textstelle dazu noch einmal genau und zeichne
   die Situation dann.

28

Mir ging das mit dem heimlichen Übernachten im Freibad immer wieder durch den Kopf. Ich stellte mir das vor und fing an, einen Plan zu machen. Aber ich redete mit niemandem darüber.

Ich war inzwischen kurz mal oben auf dem Siebeneinhalber gewesen. Aber nur für ein paar Minuten, dann war ich wieder runtergestiegen. Runtersteigen ist immer schlimm. Weil die andern dich angucken. Alle wissen, was Sache ist. Aber du kannst nichts machen.

Katinka konnte schon drei Bahnen Kraul, siebzehn fehlten noch. Ich saß am Beckenrand und sah ihr zu. Auf der Bahn neben ihr schwamm eine Frau. Sie schwamm auf dem Rücken, und man konnte ihren großen Busen sehen. Ich versuchte, woandershin zu gucken.

Robbie konnte jetzt schon wieder eine ganze Bahn schwimmen! Er strampelte auch nicht mehr so sehr mit den Beinen und war nicht so hektisch.

Wir waren mittlerweile ziemlich braungebrannt, weil wir ja andauernd in der Sonne waren. Manchmal guckten uns die Leute neidisch an, besonders die, die käseweiß waren.

Seitdem ich Johannas Fahrrad geflickt hatte, grüßte sie mich manchmal. Mehr aber auch nicht.

Einmal, als Papa und ich allein Eis essen gingen, fragte er nach Johanna.

„Die macht sich nichts aus mir", sagte ich. „Die steht andauernd bei den Volleyballjungs."

„Hast du sie mal angesprochen?", fragte Papa. „So ganz direkt?"

„Na ja …", sagte ich. „Ich meine … Nein …"

„Mach doch mal!"

„Wie das denn?"

„Lad sie zu was ein. In den Kiosk. Nur ihr zwei."

„Ich hab kein Geld."

Aldo kam an den Tisch. Er kam aus Italien und war der Chef hier. Wir kannten ihn gut, er wohnte ja im selben Haus wie wir.

„Isse gut, das Eis?", fragte er.

„Prima", sagte Papa. „Wie immer!"

Aldo freute sich und fing gleich an, über Fußball zu

reden. Papa erzählte ihm das mit Alfonso Blasio und Katinka.

„Isse komische Vogel, diese Alfonso", sagte Aldo. „Haben zu viele Ferrari in die Kopfe."

Wenn Aldo redete, redeten seine Arme mit. Er fuchtelte herum mit ihnen und schnitt lustige Grimassen.

„Und haben zu viele Tattoo auf die Glatze. Nix gut für Gehirn!"

Am nächsten Tag lagen wir auf unserer Decke, Katinka, Robbie und ich. Ich erzählte, was Aldo über Alfonso Blasio gesagt hatte.

Robbie guckte wieder mal in die Wolken.

Katinka lachte, weil ich Aldo so gut nachmachen konnte, wie er redete, und auch das mit dem Arme-gefuchtel.

„Der kann nicht schwimmen", sagte Robbie leise.

„Wer?", fragte ich. „Aldo?"

„Nee", sagte Robbie und guckte weiter nach oben. „Alfonso Blasio!"

„Wie jetzt, der kann nicht schwimmen?", fragte Katinka.

„Wie meinst du das?"

„Das hab ich gehört", sagte Robbie. „Vor ein paar Tagen."

Robbie träumte nachts ganz viel. Auch, wenn er nachmittags auf der Decke einschlief. Wenn er dann aufwachte, glaubte er zuerst, der Traum wäre die Wirklichkeit.

„Das hast du nur geträumt, mein Süßer", sagte Katinka.

„Nö", sagte Robbie. „Überhaupt kein Traum. Vorhin, als ihr im Wasser wart, haben zwei Frauen neben unserer Decke gesessen. Und die eine war die Spielerfrau, die von Alfonso Blasio. Die haben gedacht, dass ich schlafe. Und da hat die Spielerfrau zu der anderen gesagt, dass Alfonso Blasio nicht schwimmen kann. Sie hat geflüstert, aber ich hab das ganz genau gehört."

Noch nie in seinem Leben hatte Robbie so viel hintereinander gesprochen! Das war voll sensationell! Er wunderte sich selber und guckte gleich wieder in die Wolken. Aber nur kurz. Danach legte er sich wieder hin und schlief sofort ein. Ich glaube, weil er so erschöpft war vom Reden.

„Oh là là", sagte Katinka und lächelte. „Alfonso Blasio kann nicht schwimmen!"

29

Am nächsten Tag regnete es, außer uns war fast niemand da. Wir verzogen uns unter das Vordach des Stadions und guckten zu, wie die Regentropfen ins Becken prasselten.

Robbie wollte ins Wasser und zog Katinka mit sich. Ich guckte nach oben zum Siebeneinhalber. Der Siebeneinhalber guckte zurück.

Er wollte, dass ich komme.

Oben war es wie immer: ungemütlich. Der Wind pfiff mir um die Ohren, und ich war nass vom Regen.

Ich ging zum Rand und sah nach unten. Auch das war wie immer: krass.

Von hier oben hatte ich eine gute Aussicht. Ich sah mich um.

Gleich neben dem Sprungturm stand Adil unter einem Regenschirm. Er winkte mir zu.

Vor dem Kiosk befand sich das Walross. Es trank Kaffee mit ein paar von seinen Kollegen.

Katinka und Robbie bespritzten sich mit Wasser.

Im 50-Meter-Becken schwammen zwei Frauen mit lila Badekappen.

Am Rand einer großen dunklen Wolke brach die Sonne durch.

Johanna kam aus dem Haus und ging in Richtung Kasse. Johanna!

Sie sah zu mir nach oben.

Und ich wusste: Jetzt oder nie!

Es ging ganz schnell. Doch schon bevor ich unten ankam, war klar, dass es wehtun würde. Ich lag schräg in der Luft. Und so schlug ich auch auf dem Wasser auf.

Als ich aus dem Becken stieg, brannte mein Rücken. Adil kam angelaufen, um zu sehen, ob alles in Ordnung war.

Es *war* alles in Ordnung. Zumindest mit meinem Rücken. Dass Johanna mich hatte springen sehen, ich meine, so, auf diese Art, war nicht in Ordnung.

Aber immerhin war ich gesprungen.

„Willst du heiße Tee?", fragte Adil. „Syrische Kuchen ist auch da!"

Ich nickte. Adil war einfach genial!

Als der Regen aufgehört hatte, wurde es voller. Wir hatten unsere Decke wieder auf der Wiese ausgebreitet und lagen faul rum. Katinka hatte keine Lust, kraulen zu üben. Robbie wollte in den Himmel gucken. Ich war ja schon vom Siebeneinhalber runter. Es gab nichts zu tun. Geld hatten wir auch keins mehr.

Wir langweilten uns. Also ließ ich es drauf ankommen.

„Wir sind immer nur am Tag hier", sagte ich.

„Ja, klar", sagte Katinka. „Und?"

„Nachts wäre auch mal gut", sagte ich.

„Nachts?" Sie guckte mich an.

„Ja."

„Aber da ist doch zu."

„Stimmt. Aber trotzdem …"

„Wie, trotzdem?"

„Man könnte doch mal versuchen, ich meine … einfach über die Mauer zum Beispiel … nur so zum Beispiel …"

Sie guckte mich immer noch an und nickte.

„*Oh là là*", sagte sie. „*Oh là là!*"

„Was denn *oh là là?*", fragte Robbie müde.

„Schlaf mal eben, Schätzchen. Wir erzählen dir das dann später."

„Is' gut", sagte Robbie und klappte die Augen zu.

„Finde ich prima …", sagte Katinka leise. „Finde ich wirklich prima! Endlich mal was richtig Kriminelles! Wir brauchen aber Decken, und Robbie muss seine Kuschelrobbe mitnehmen. Und wir brauchen eine Thermoskanne, mit Kakao. Und ein Vorlesebuch brauchen wir auch und …"

„Ja, ja, stimmt", sagte ich schnell. Jetzt, wo es heraus war, wurde mir das alles auch ein bisschen unheimlich. Katinka aber war Feuer und Flamme.

„Wann machen wir das?", fragte sie. „Morgen?"

„Spinnst du!", flüsterte ich. „Das ist ein Plan. Den muss man planen!"

„Ja! Ein Plan!", rief Katinka. „Und einen Plan muss man planen!"

„Pssst", zischte ich. „Nicht so laut! Und kein Wort zu Papa und Mama, verstanden? Und absolut kein Wort zu Johanna!"

30

   Wir waren schon auf dem Nachhauseweg, als Robbie einfiel, dass wir ihm noch was erzählen wollten.

„Ach, nicht so wichtig", sagte ich. Er war noch klein – man wusste nie, ob er nicht plötzlich beim Abendbrot losplappern würde.

„Doch, wichtig", sagte er. „Will ich wissen!"

„Das war was mit Johanna", sagte ich. „Ich muss ihr Rad noch mal flicken."

„Stimmt gar nicht!", rief er.

„Es geht darum", sagte Katinka, „dass Alf die genial kriminelle Idee hatte, dass wir drei mal im Freibad übernachten könnten. Wie findest du das, Schätzchen?"

„Finde ich gut", sagte Robbie und trat nach mir, weil ich ihn angelogen hatte. „Aber ich will meine Kuschelrobbe mithaben!"

„Geht klar", sagte Katinka.

„Ist das verboten?", fragte er.

„Total!"

„Muss man da ins Gefängnis, wenn die einen erwischen?"

„Nee, das nicht. Aber es gibt Megaärger."

Robbie guckte vor sich hin und dachte nach.

„Das ist unser Geheimnis", sagte ich. „Kein Wort zu niemandem. Okay?"

Er machte eine Schnute, als würde er gleich weinen. Dann nickte er und sprach von da ab kein Wort mehr, bis wir zu Hause waren.

Als wir am Tisch saßen, beim Abendbrot, wollte Papa wissen, wie es im Schwimmbad gewesen war. Ich erzählte, dass ich vom Siebeneinhalber gesprungen war. Papa freute sich, klar. Mama auch.

„Und sonst?", fragte sie. „Habt ihr immer noch Spaß?"

„Ja, Spaß!", rief Katinka und sprang auf, um einen Kopfstand zu machen. „Ganz viel Spaß haben wir da nämlich!"

„Und du, Robbie?", fragte Papa. „Du auch?"

Robbie nickte. Wie meistens. Das genügte.

Natürlich dachten wir von jetzt an scharf darüber nach, wie wir es hinbekommen könnten, unbemerkt

von zu Hause zu verschwinden. Und wie wir es hinbekommen könnten, nachts unbemerkt ins Freibad zu
kommen und dort unbemerkt zu baden.

Das war ganz schön viel *unbemerkt* auf einmal. Aber
anders war es nicht zu machen, anders ging es nicht.
Wir überlegten, wie es wäre, sich abends im Bad einschließen zu lassen. Kurz bevor sie zumachten, würden
wir heimlich in einer der Duschkabinen verschwinden
und warten, bis sie mit dem Saubermachen fertig waren
und alles ruhig war. Wenn es dunkel wurde, würden
wir rauskommen und schwimmen gehen. Danach
würden wir ein Picknick machen und uns dann in
unsere Decken einrollen. Eine halbe Stunde bevor sie
aufmachten, müssten wir zurück in die Duschkabine
und dürften erst wieder rauskommen, wenn draußen
schon viel los war.

Dann aber fielen uns Mama und Papa ein, ich meine,
dass sie Panik kriegen und die Polizei anrufen würden,
wenn wir nicht wie sonst auch um sieben wieder zu
Hause waren. Außerdem war es möglich, dass das Walross und seine Kollegen jede einzelne Duschkabine kontrollierten. Wenn sie uns dann fänden, würden sie uns
garantiert die Freikarte abnehmen, und wir bekämen

Hausverbot*. Und zu Hause gäbe es Hausarrest. Für mindestens vier Wochen.

„Das können wir also vergessen", sagte Katinka. „Wir müssen klug sein und klüger als klug!"

Es kam nur die Möglichkeit in Frage, heimlich von zu Hause abzuhauen, wenn Mama und Papa schon schliefen. Und wieder zurück zu sein, bevor sie am Morgen aufstanden.

Wir stellten uns das alles genau vor.

Wie gesagt: Einen Plan musst du planen.

---

* **Hausverbot** Verbot des Betretens oder Verweilens auf dem Gelände, wird vom Inhaber des Hausrechts ausgesprochen

31

Mittlerweile war das Training nebenan auf dem Platz wieder in vollem Gange. Wenn der Wind richtig stand, konnte man die Rufe der Spieler hören und auch, wenn ein Ball hart getreten wurde. An einem Dienstagnachmittag schauten wir mal wieder zu. Sie übten fünf gegen eins und machten auch kleine Spiele gegeneinander.

Nach dem Training holten wir uns wieder Autogramme. Das von Alfonso Blasio auf Katinkas Fuß war schon lange ab, wir waren ja andauernd im Wasser.

„Alfonso Blasio!", rief sie, als er an uns vorbeikam. Seine Fußballstollen machten *klick-klack* auf dem harten Asphalt. „Guck mal, deine Unterschrift ist schon wieder ab. Mach mir eine neue!" Sie humpelte neben ihm her und hielt ihm den Fuß unter die Nase.

Alfonso Blasio gab bestimmt hundert Autogramme am Tag, ich meine, an alle möglichen Leute. Und trotzdem erinnerte er sich an Katinka, das konnte man sehen.

Wahrscheinlich hielt ihm sonst keiner den Fuß unter die Nase. Er ging aber einfach weiter und gab nur den anderen Leuten Unterschriften. *„Al-fon-sooooo-Bla-si-ooooo!"*, rief Katinka. „Ich krieg gleich einen Krampf!" Aber Alfonso Blasio schüttelte nur arrogant den Kopf. Dann schrieb er seinen Namen auf eine Karte, die ihm eine Frau hinhielt, und ging weiter.

Jetzt wurde Katinka aber wütend! So was kannst du mit ihr nicht machen! „Komm doch schwimmen mit uns, Alfonso Blasio!", rief sie.

Alfonso Blasio hörte aber gar nicht hin.

„Oder wenn du das nicht kannst, zeig ich dir, wie das geht!", rief Katinka. „Robbie, also, mein kleiner Bruder, der lernt das auch gerade."

Alfonso Blasio sprach zwar nur ganz wenig Deutsch, verstehen konnte er aber wohl so einiges. Auf jeden Fall drehte er sich um und guckte Katinka nervös an.

Katinka guckte zurück und lächelte.

„Okay, okay", sagte Alfonso Blasio. „Ich geben Autogramm!"

Katinka freute sich und stellte ihren Fuß zurück auf den Boden. „Ich kann den nicht mehr länger hochhalten", sagte sie. Und Alfonso Blasio ging in die Hocke, um sein Autogramm auf ihren Fuß zu schreiben.

„Fein", sagte sie. „Und üb hübsch weiter Elfmeter, hörst du?"

Alfonso Blasio machte, dass er wegkam. Und wir gingen zurück in unser geliebtes Freibad.

Dort trafen wir Thorben. Er stand unter dem Sprungturm und schaute hoch.

32

Thorben war fast immer allein. Wenn er überhaupt so was wie einen Freund hatte, dann mich. Aber wir sahen uns eigentlich nur in der Schule. Es war das erste Mal, dass ich Thorben im Freibad traf.

„Hallo, was geht?", begrüßte ich ihn. Wir klatschten uns ab.

„Überhaupt nix geht", sagte er und guckte böse. Dann zeigte er nach oben, auf den Zehnmeterturm. „Siehst du die drei Bimbos* da?"

Ich wusste nicht, was er meinte.

„Na, die drei Neger*", sagte er.

Er meinte die Jungs aus Mali. Sie standen auf dem Turm und unterhielten sich mit einem Mädchen.

„Das ist meine große Schwester", sagte Thorben. „Mein Vater will nicht, dass die sich mit Bimbos unterhält." Er guckte immer noch böse.

* **Bimbos, Neger** rassistische Beleidigungen, herabwürdigende Schimpfwörter, die man aus Respekt nicht benutzt

„Komm, wir gehen rutschen", sagte ich.

„Nee, lass mal", sagte er. „Ich will sehen, ob meine Schwester was anstellt mit den Bimbos."

„Das sind Amadou, Abdoul und Issouf", sagte ich. „Die kommen aus Mali. Komm, wir gehen, die Riesenrutsche ist echt cool, Mann!"

Thorben hatte aber keine Lust und kletterte jetzt den Sprungturm rauf. Ich sah, wie er sich oben mit seiner Schwester unterhielt. Sie wurde sauer und drehte sich weg. Thorben redete weiter auf sie ein. Amadou sagte was zu ihm, Thorben guckte ihn aber gar nicht an und tat so, als wäre Amadou Luft. Amadou schlug ihm auf die Schulter, ich meine, echt freundlich. Thorben fand das nicht gut und boxte ihn gegen den Arm. Amadou lachte. Auch Abdoul und Issouf lachten. Sie waren viel größer als Thorben, sie hatten keine Angst vor ihm.

Adil bekam das alles mit und rief, Thorben sollte entweder vom Zehner springen oder wieder runterklettern.

„Los, spring schon!", rief Thorbens Schwester. „Traust dich ja doch nicht."

Das stimmte. Thorben kletterte nämlich wieder nach unten, er guckte noch böser als vorher.

„Wollen wir jetzt rutschen?", fragte ich.

„Von mir aus", sagte er.

Nach dem Rutschen gingen wir zu unserer Decke. Katinka war gerade dabei, Robbie was vorzulesen, sein Lieblingsbilderbuch. Es handelte von Kindern, die in den Wolken leben. Thorben war noch immer sauer wegen seiner Schwester.

„Das sag ich Papa", schimpfte er. „Die kriegt voll Ärger." Als Katinka kapierte, worum es ging, guckte sie Thorben ganz lange an. So auf ihre Art, ich kann das nicht richtig beschreiben. Streng und so wie Mama, wenn sie uns doof findet.

„*Oh là là*", sagte sie. „*Oh là là!*"

„Hä?", machte Thorben.

„Amadou und Abdoul und Issouf können Französisch", sagte Katinka.

„Na und?", sagte Thorben.

Katinka guckte immer noch so. „Das ist besonders!", sagte sie. „Du musst mal besser nachdenken. Die Französischen haben nämlich sauviel erfunden. Zum Beispiel Paris mit dem Eiffelturm. Und die Croissants und das Baguette. Und vielleicht sogar den Käse! *Wui, Mössiöö!*"

Thorben wusste nicht, was er sagen sollte. Ich glaube, er hatte ein bisschen Angst vor meiner Schwester.

„Amadou und Abdoul und Issouf kommen aus Afrika“,
sagte Katinka. *„Wui, Mössiöö!* Da gibt es Löwen und
Giraffen und Elefanten und Nashörner.“

„Und ganz süße Hyänen!“, sagte Robbie.

Thorben wusste immer noch nicht, was er sagen sollte.
Er guckte auf unsere Decke. Da war aber nichts außer
dem Kaffeefleck, den Papa mal gemacht hatte.

„Parlee wu frongssä?“, fragte Katinka ihn.

„Hä?“, fragte Thorben zurück.

„Ob du Französisch kannst“, übersetzte ich.

„Nö“, sagte Thorben.

„Kannst du wenigstens kraulen?“, fragte Katinka.

„Klar!“

Katinka glaubte ihm nicht, also gingen sie zusammen
ins große Becken, und er zeigte ihr, was er konnte.
Robbie und ich gingen mit, wir wollten das auch sehen.
Thorben kraulte wie ein schlapper Hund. Er hielt den
Kopf über Wasser und strampelte mit den Beinen.
Katinka schwamm neben ihm her, sie hatte mittler-
weile gelernt, den Kopf unter Wasser zu halten und
nur kurz zum Atmen aufzutauchen.

Thorben hielt nur eine Bahn durch, dann ging er zurück
zu seiner Decke. Ich ging ihm hinterher, um ihn zu
fragen, ob er noch ein bisschen Geld übrig hatte.

Vielleicht konnten wir uns eine Schale Pommes kaufen.
Er hatte aber nur noch dreißig Cent.

Wir saßen auf seiner Decke, und er hatte immer noch schlechte Laune. Ein paar Meter weiter saß seine Schwester mit den Jungs aus Mali am Rand vom Babybecken. Sie lachten und bespritzten sich mit Wasser.

„Papa hat ihr das verboten", sagte Thorben schon wieder.

„Wieso denn?", wollte ich wissen.

Aber er antwortete nicht.

Wir guckten zu, wie seine Schwester und die Jungs Spaß hatten. Ich stellte mir vor, wie es wäre, mit Johanna am Beckenrand zu sitzen und zu lachen. Das fühlte sich gut an, ich meine, schon allein die Vorstellung.

Und genau da sah ich sie über die Wiese gehen. Allein.

Ohne groß nachzudenken, stand ich auf und lief zu ihr.

„Ich will dich einladen", sagte ich. „In den Kiosk. Du kannst dir was aussuchen."

Sie guckte mich an. Ich dachte, das findet sie jetzt garantiert blöd. Aber sie wollte bloß wissen, wann.

„Morgen", sagte ich schnell. „Heute hab ich gerade zufällig kein Geld dabei."

„Okay", sagte sie bloß. „Um vier?"

Ich nickte. Mir blieb die Spucke weg. Wenn mich was voll mitnimmt, bleibt mir immer die Spucke weg.

Kapitel 28–32

1. **Finde die fehlenden Wörter im blauen Kasten und trage sie in den Lückentext ein.**

Katinka und (1) .... machen im Wasser

Fortschritte. Papa fragt (2) .... nach

Johanna und gibt ihm den Tipp, sie anzusprechen und

einzuladen. Bei Regen ist im (3) ....

nicht viel los. Daher traut sich Alf auf den

(4) .... Weil Johanna zu ihm

nach oben (5) .... , springt er drauflos

und tut sich beim Aufkommen auf dem Wasser weh.

Katinka, Alf und Robbie (6) .... , wie

sie im Freibad übernachten können.

> Freibad   sieht   Siebeneinhalber
>
> Alf   planen   Robbie

2. **Groß- oder Kleinschreibung? Setze in diesem Textausschnitt die richtigen Buchstaben ein.**

Natürlich dachten wir von jetzt an (S/s) .... charf

darüber nach, wie wir (E/e) .... s hinbekommen

könnten, (U/u) .... nbemerkt von zu Hause zu

(V/v) .... erschwinden. (U/u) .... nd wie wir es

hinbekommen könnten, (N/n) .... achts unbemerkt ins

(F/f) .... reibad zu kommen und dort unbemerkt zu

baden. Das war ganz schön (V/v) .... iel *unbemerkt* auf

einmal. (Kapitel 30)

3. **Katinka schafft es, noch ein weiteres Autogramm von Alfonso Blasio zu bekommen. Was weiß sie über ihn und woher weiß sie das? Formuliere so knapp wie möglich in eigenen Worten.**

Katinka bekommt doch noch ein Autogramm von Alfonso, weil

4. **Auf wen treffen die folgenden Aussagen zu?**
   Trage „T" für Thorben, „A" für Alf und „K" für Katinka in die Kreise ein.

   ◯ … beleidigt die Jungs aus Mali.

   ◯ … bewundert die Jungs aus Mali.

   ◯ … versucht, seinen Kumpel abzulenken.

   ◯ … will über seine Schwester bestimmen und ist sauer, als er nicht ernst genommen wird.

   ◯ … versteht nicht, warum die Schwester sich nicht mit den Jungs unterhalten soll.

   ◯ … schaut Thorben streng an.

5. **Warum bleibt Alf in Kapitel 32 die Spucke weg? Kreuze an.**

   Alf bleibt die Spucke weg, …

   ☐ weil er mit Johanna am Beckenrand sitzt und lacht.

   ☐ weil Thorben so gut kraulen kann.

   ☐ weil er sich mit Johanna verabredet hat.

33

Onkel Carl war wieder zurück von seiner Reise, und ich erzählte ihm das mit Johanna. Er streckte den Daumen nach oben und war zufrieden.

„Da gibt es allerdings ein Problem", sagte ich.

„Kann ich mir denken. Wie viel brauchst du?"

„Fünf Euro." Ich hatte mir das vorher schon ausgerechnet.

„Aha …", sagte er. „Ich glaube, das bekommen wir hin." Er gab mir zehn, für Katinka und Robbie mit dazu, damit sie nicht leer ausgingen. Ich wusste, Onkel Carl hatte nicht viel Geld, also bedankte ich mich tausendmal.

„Musst du nicht", sagte er. „Hab mich viel zu lang nicht um euch gekümmert. Wird mal Zeit."

„Wann willst du denn wieder zurück nach Amerika?", fragte ich.

„Keine Ahnung", antwortete er. „Vielleicht nie. Vielleicht bleib ich hier, ich meine, in Deutschland."

„Wär cool", sagte ich.

„Ja, Mann, das wäre es wahrscheinlich wirklich!" Er guckte mich an und freute sich.

Am nächsten Tag holten Katinka und ich Robbie wie immer vom Hort ab.

Sie hatten da ein Hochbett, das sie untenrum ganz zugehängt hatten. Darunter war es kuschelig wie in einer Höhle. Immer wenn wir Robbie abholten, hatte ich Lust, in diese Höhle zu krabbeln und es mir gemütlich zu machen. Auch heute.

Heute aber ging es überhaupt nicht – ich musste pünktlich im Freibad sein. Johanna wartete.

Gerade heute aber hatte Robbie überhaupt keine Lust. Sonst wollte er immer gleich weg von hier. Jetzt saß er in der Ecke vor einem Haufen Holzbauklötzen und baute ein Parkhaus für Spielzeugautos. Katinka setzte sich zu ihm.

Es war schon kurz nach drei.

„Wir müssten jetzt bald mal los", sagte ich.

„Wieso?", fragte Katinka. „Ist doch gerade so schön hier. Und ich will auch was bauen." Robbie klatschte vor Freude in die Hände.

Ich wäre am liebsten allein losgegangen, doch das hatten uns Mama und Papa verboten. Wir sollten immer zusammenbleiben.

„Ist so schönes Wetter heute", sagte ich.

„Stimmt gar nicht", sagte Katinka. „Es regnet gleich."

Ich hatte den beiden das mit Johanna nicht erzählt.
Jetzt musste ich aber.

„*Oh là là!*", rief Katinka. „*Mössiöö* hat ein Rendez-vous*!"

Robbie wollte wissen, was das ist.

„Das ist, wenn du in jemanden verknallt bist, und dann triffst du dich mit dem Jemanden", erklärte ihm Katinka die Sache. „Das haben auch die Französischen erfunden! Und man muss immer *Scherie* sagen und *schö t'ääm.*"

Robbie guckte nur und baute dann weiter an seinem Parkhaus.

„Können wir jetzt endlich mal los?", fragte ich.

„*Wui, wui*", rief Katinka. „Robbie, hör mal auf mit dem Türmchenbauen. Alf ist nämlich verknallt!"

Kurz vor vier waren wir im Bad. Pünktlich. Es hatte angefangen zu regnen. In dieser Stadt regnet es andauernd, wenn du was Wichtiges vorhast. Ich schwöre.

Johanna saß vor dem Kiosk unterm Dach und wartete.
Das Walross saß neben ihr. *Das Walross!*

Katinka und Robbie verzogen sich unters Stadiondach.

* Rendezvous wird gesprochen wie „rondewu"

Aber ich wusste, sie beobachteten mich.

Ich ging über die Wiese. Ich war nervös.

„Hallo!", sagte ich. Zu Johanna. Zum Walross sagte ich: „Guten Tag!"

Es guckte mich an. „Was willst du von Johanna?"

„Sie einladen."

„Warum das denn?"

„Weil …"

„Na, wird's bald?"

„Weil ich sie nett finde", sagte ich. Stimmte ja auch. Dass ich sie schön fand und so, sagte ich besser nicht. Ging ihn ja nix an.

Das Walross guckte, als hätte ich sonst was gesagt. Irgendwas Fieses. „Pass bloß auf!", sagte es.

Ich verstand nicht.

„Nur eine halbe Stunde", sagte es zu Johanna. „Dann musst du den Abwasch machen!"

Johanna nickte.

Das Walross zog ab. Zum Kaffeetisch. Wo seine Kollegen schon warteten.

Johanna wollte eine Cola mit Eiswürfeln und Strohhalm. Ich wollte das auch. Ich bezahlte, mir blieben noch zwei Euro übrig.

Wir setzten uns nach draußen, unters Dach. Es regnete wie verrückt.

„Lecker", sagte ich und zeigte auf die Cola.

„Ja, stimmt", sagte Johanna.

„Doofes Wetter", sagte ich.

Johanna fand das auch.

Ich wollte was Interessantes sagen, doch mir fiel nichts ein. Also ließ ich es bleiben. Wir saßen einfach nur da und hörten dem Regen zu. Das genügte.

Johanna hatte eine türkise Trainingsjacke an und weiße Shorts. Sie war barfuß.

Wir redeten dann doch noch ein bisschen was, über Schule. Johanna kam auf ein Gymnasium in der Nähe vom Bahnhof, in so einen alten, dunklen Kasten. Ich erzählte ihr, wohin ich kam.

Dann hörten wir wieder dem Regen zu.

Ich hätte sie fragen können, wie es denn so war, in einem Freibad aufzuwachsen. Aber das wollten bestimmt alle wissen.

Ich kaufte zwei Eis. Dann fielen mir die fünf Euro ein, die mir Onkel Carl für Katinka und Robbie gegeben hatte, und ich ging zu den beiden rüber.

„Das dauert aber lange, dein Rendezvous", sagte Katinka. Robbie guckte mich an.

„Onkel Carl hat mir Geld für euch mitgegeben", sagte ich und gab ihnen ihre fünf Euro. Ich wollte gleich wieder zurück zum Kiosk, zu Johanna, und sie kamen mit, um sich was zu kaufen.

Dort stand schon das Walross und redete mit Johanna. Anscheinend war die halbe Stunde vorbei.

„So", sagte das Walross zu mir. „Das war's jetzt aber." Es guckte mich an, als hätte ich jemanden verprügelt. Johanna guckte mich auch an, aber ganz anders. Ich merkte, dass es ihr leidtat, dass unsere Verabredung schon vorbei war.

Aber das Walross zwang sie, ins Haus zu gehen. Um abzuwaschen. Wie bescheuert war das denn?

Katinka und Robbie kauften sich Pommes, und ich fragte, ob ich was abhaben könnte.

„Du hast doch schon dein Rendezvous gehabt", sagte Katinka. „Das ist viel besser als Pommes. Das ist französisch!" Robbie hielt mir seine Schale hin. „Hast du das auch gesehen?", fragte er.

„Was denn?", fragte ich und steckte mir eine Pommes in den Mund.

„Wie die Regentropfen ins Wasser fallen", sagte Robbie. „Plötzlich sind sie weg."

34

Ein paar Tage später konnte er plötzlich schwimmen, ganz und gar! Einfach so! Wir waren gerade mit ihm im Nichtschwimmerbecken und sahen uns nach Adil um, der sich mit den Jungs aus Mali unterhielt und dabei laut lachte. Als wir uns wieder umdrehten, zu Robbie, schwamm er ohne jede Hektik in Richtung Beckenrand. Dort machte er nur kurz Halt und schwamm gleich wieder zurück. Es sah aus, als hätte er nie was anderes getan.

„Ist ganz einfach", sagte er, als er bei uns ankam. „Man muss bloß schwimmen."

„*Oh là là!*", rief Katinka. „Schätzchen! Das muss gefeiert werden! Limo für alle!"

Wir übten noch ein bisschen mit ihm, dann gingen wir mit Adil zum großen Becken. Robbie sollte fünfzig Meter schwimmen, wie beim Seepferdchen, und dann vielleicht nochmal fünfzig.

Er stieg ins Becken.

Er war so ruhig, dass ich wieder dachte, bei Robbie, da blickst du nie durch.

Er guckte sogar kurz mal nach oben, ob Wolken da waren.

Die fünfzig Meter waren ein Klacks für ihn. Die nächsten schaffte er ebenfalls locker.

„Nochmal?", fragte er.

„Wenn du willst", sagte Adil. „Ist gut!"

Zu Hause freuten sich alle.

„Willst du bald Bronze machen?", fragte Papa.

Robbie wollte wissen, was man da machen musste.

„200 Meter schwimmen, ein bisschen Tieftauchen und dann vom Einer springen", sagte Papa.

„Nee", antwortete Robbie.

„Warum denn nicht?"

„Erst soll Alf vom Zehner runter!"

Alle guckten mich an. Katinka grinste in die Luft.

„Mach ich ja", sagte ich. „Vom Siebeneinhalber bin ich ja schon."

„Lass dir Zeit, Alf." Mama legte mir die Hand auf die Schulter und fing an, mir den Nacken zu massieren.

Das konnte sie total gut. „Lass dich bloß nicht verrückt machen."

„Alf hat ein Rendezvous gehabt", rief Katinka. „Er ist verliebt!"

Sie guckten mich schon wieder alle an. Langsam nervte das. „Ist das das Mädchen, von dem du mir erzählt hast?", fragte Papa. „Wie heißt die noch gleich?"

„Johanna", sagte Katinka. „Sie ist ziemlich schick. Fast so wie eine Parisfrau. Alf hat ihr was spendiert. Aber dann kam ihr Papa und hat sie reingeholt. Alf war traurig. Weil, er ist ja verliebt."

Sie machte Kopfstand auf dem Teppich und sang vor sich hin. *„Alf ist verliebt, schön, dass es das gibt! La la lalala!"*

Am liebsten hätte ich ihr eine reingehauen.

„Blöde Ziege", rief ich und lief raus. Jetzt hätte ich gern irgendwo irgendwas gehabt, wo ich allein sein konnte. In unserer Siedlung gab es aber nichts, ich meine, keinen Wald oder so was. Nur Supermärkte und Parkplätze. Ich war auf einmal traurig, obwohl ich gar nicht wusste, warum.

Ich lief also nur so durch die Gegend, bis mir mein alter Spielplatz wieder einfiel, wo ich früher andauernd gewesen war, als kleiner Junge. Da ging ich hin.

Ich setzte mich auf die Schaukel und schaukelte. Ich rutschte die Rutsche runter. Ich setzte mich sogar in den Sandkasten.

Außer mir war niemand hier. Hier war es richtig gut. Hier konnte ich in Ruhe nachdenken. Über Johanna und mich. Über den Übernachtungsplan. Und überhaupt.

35

Ein paar Tage lang war Katinka krank, und Robbie hatte keine Lust, ohne sie ins Freibad zu gehen. Ich ging allein.

Allein war es aber nicht so gut wie sonst immer. Außerdem hatte ich kein Geld. Auch Johanna ließ sich nicht blicken – und ich traute mich nicht, das Walross nach ihr zu fragen. Ich sprang ein paarmal vom Fünfer und einmal vom Siebeneinhalber. Dann ging ich wieder nach Hause.

Ich rief bei Thorben an. Er sagte, ich sollte vorbeikommen. Also fuhr ich los.

Er hatte ein Zimmer im Keller, allein für sich. Oben, im Erdgeschoss und im ersten Stock, wohnten seine Eltern und seine Schwester. Sie waren aber nicht da. Thorben hatte einen Computer auf seinem Schreibtisch. Wir hatten so was nicht, ich meine, Katinka, Robbie und ich. Wir hatten ja auch keine Smartphones.

Robbie brauchte keins, weil er noch klein war und sowieso nur immer in die Wolken guckte. Katinka war auch noch klein, obwohl sie sich aufführte wie jemand mit vierzehn. Ich war aber schon zehn. Ein paar Jungs aus meiner Klasse hatten Smartphones, sie durften sie aber nicht mit in die Schule bringen. In der Pause holten sie sie heimlich raus und guckten Videos.

„Was wollt ihr mit so was?", sagte Papa immer. „Ihr habt doch euer Freibad."

Thorben hatte alles, was er wollte, ein Smartphone und einen Laptop. Wir setzten uns hin und machten Ballerspiele. Ich hatte keine Ahnung, wie das ging, und Thorben lachte mich aus.

Er zeigte mir ein Spiel, wo Krieg war. Da waren Soldaten, die auf Leute schossen, die aussahen wie die Jungs aus Mali. Sie liefen aus ihren brennenden Häusern, und die Soldaten knallten sie ab.

„Guck mal!", rief Thorben. „Die machen wir alle platt!"

Erst fand ich es toll, das Plattmachen. Das Blut spritzte nur so, und ich fühlte mich stark. Was ich aber krass fand, war Thorben. Er sah bleich aus wie ein Zombie und war total weggetreten. Er redete irgendwas vor sich hin und lachte fies oder rief jemandem auf dem

Bildschirm was zu. Ich fühlte mich immer komischer –
und auch das Plattmachen wurde langsam öde. Ich
hatte Durst und fragte Thorben, ob ich was trinken
könnte. Er hörte mich gar nicht. Deshalb fragte ich
noch mal.

„Was is?", fragte er zurück.

Mein Mund war staubtrocken, also ging ich los und
suchte die Küche. Ich stieg die Treppe nach oben.

Oben war es ganz still, nur im Stockwerk darüber hörte
jemand Radio.

Bei fremden Leuten zu sein, wenn sie nicht da sind,
ist unheimlich. Es ist aber auch aufregend. Du kannst
herumgehen und dir alles angucken. Was ich auch
tat.

Nichts lag hier herum.

Im Wohnzimmer stand ein riesiges, weißes Sofa. Davor
ein Tisch aus Glas mit nichts drauf.

Ich ging in die Küche und füllte einen Becher mit
Wasser. Gleich danach noch einen.

Ich trank und trank. Dabei guckte ich mir die Fotos
an den Wänden an. Auf einem stand Thorben mit
seinen Eltern unter einem Baum. Thorben hielt eine
Fahne in der Hand. Er lachte.

Als ich wieder unten war, saß er immer noch genauso weggetreten am Computer und ballerte rum. Ich setzte mich neben ihn und guckte zu. Er merkte gar nicht, dass ich da war.

Das nervte mich. „Wollen wir raus?", fragte ich.

„Was is'?", fragte er nur.

„Ob wir rauswollen. Ein bisschen rumgehen."

„Rumgehen?" Er guckte mich komisch an. „Wieso das denn?"

„Vielleicht ein Eis kaufen?", sagte ich.

„Nee", sagte er und machte weiter mit dem Plattmachen.

Kurz danach fuhr ich weg. Nach Hause. Und dort war es wie immer.

Katinka stritt sich mit Mama, es ging um einen Rock.

„Den hab ich immer schon angehabt", rief Katinka. „Das ist mein Lieblingsrock. Da ist der Eiffelturm drauf und *Sakree Köör*."

„Ja, aber da warst du noch kleiner, und jetzt ist er dir zu kurz", sagte Mama genervt. „Du ziehst den nicht mehr an und damit basta!"

„Gar nicht basta!", schimpfte Katinka. „Basta nervt total und ist überhaupt nicht schick!"

Papa war sauer, weil er die Fernbedienung nicht finden konnte.

Robbie weinte wegen einer toten Amsel, die er vor der Haustür entdeckt hatte.

Ich holte den Fußball aus dem Schrank und kickte ein bisschen herum. Mama nahm mir den Ball weg, doch ich holte ihn mir wieder.

Katinka rannte mit dem Rock ins Bad und schloss sich ein. Mann! So war es immer. Und so würde es immer sein.

36

Es regnete, und Robbie ging langsam durchs nasse Gras. Er mochte das. Einer der Bademeister fand das nicht gut. Er hieß Kalle.

„Euer Bruder da …", sagte Kalle.

„Du meinst bestimmt Robbie", sagte Katinka. „Was ist mit ihm?"

„Ist der ganz richtig im Kopf?"

„Klar. Wieso fragst du?"

„Weil der durch den Regen läuft und dabei was singt …"

„Na und?", sagte Katinka. „Was soll daran nicht richtig im Kopf sein?"

Kalle guckte wie jemand, der versucht nachzudenken.

„Na ja …", sagte er dann.

„Na ja was?", fragte Katinka.

„Is' schon okay", sagte Kalle und ging weiter.

Katinka rollte mit den Augen und ging zum großen Becken, Kraulen üben.

Sie hatte bis jetzt schon sieben Bahnen geschafft, zwanzig wollte sie. Du hättest sie sehen sollen, wie sie ins Becken sprang, vom Startblock. Es regnete, außer ihr waren nur ein paar Weicheier in Gummianzug und Badekappe im Wasser. Sie sprang vom Startblock und kraulte los. Es sah immer besser aus, ich meine, ihr Stil. Obwohl sie nie einen Schwimmlehrer gehabt hatte. Sie hatte sich das alles abgeguckt, bei den Erwachsenen und auch im Internet.

Als sie wieder rauskam, war sie ziemlich alle.

„*Oh là là!*", sagte sie. „*Nöff!*"

„Was?", fragte ich.

„Neun", sagte sie und guckte mich an, als wäre ich doof. Eben war ich noch stolz auf sie gewesen, jetzt fand ich sie schon wieder total hochnäsig.

„*Öng, döö, troa*", sagte Robbie und guckte in den grauen Himmel, als stände da was. „*Katr, ssänk, ssieß, ssett, wiett, nöff, dieß!*"

„*Wui*, Schätzchen!", rief Katinka und gab ihm einen Kuss. „Wenn du so weitermachst, wirst du mal ein waschechter Parismann!"

Robbie wischte sich den Kuss ab und beobachtete ein paar Möwen, die über uns kreisten, immer auf der Suche nach ein paar Pommes oder einem Stückchen Weißbrot.

Da kam plötzlich Johanna auf uns zu, unterm Regenschirm. Johanna!

„Wollt ihr heißen Kakao?", fragte sie.

Wir guckten sie an.

„Meine Mutter fragt, ob ihr mal reinkommen wollt. Ihr seht so nass aus."

„Und das Walross?", fragte ich. Aber ich merkte sofort, dass ich was Dummes gesagt hatte. Immerhin war das ihr Vater.

„Welches Walross?", fragte sie.

„Ach, wir haben nur eben über Walrösser geredet", sagte Katinka schnell. „Wo die wohnen und was die so fressen."

Robbie hielt zum Glück den Mund.

Das Walross war nicht da. Sonst wäre es auch blöd geworden. Wir setzten uns in die Küche, und Johannas Mutter schenkte uns Kakao ein. Sie sah fast genau gleich aus wie Johanna, nur eben in alt. Sie gab uns auch ein Handtuch, dann ließ sie uns allein.

Wir saßen da und tranken Kakao und redeten, ich meine, hauptsächlich Katinka und Johanna redeten. Ich saß neben Robbie und kam mir auch vor wie Robbie. Als wäre ich niemand, mit dem man redet. Das nervte.

„Ich will unbedingt bald mal nach Paris", sagte Katinka.
„Ich will in einem schicken Hotel wohnen und teuer
essen gehen und elegante Sachen anhaben. Das stelle
ich mir immer vor, bevor ich einschlafe. Aber wir haben
ja nie Geld."

„Ich war da schon mal", sagte Johanna. „Mit meinen
Eltern. Letztes Jahr."

Sie erzählte, was sie erlebt und gesehen hatte, den Eiffelturm und so was. Mich interessierte das nicht, Paris
war mir egal. Ich hätte es viel besser gefunden, mal
nach Amerika zu fliegen, aber das ging noch weniger
als Paris. Wir hatten ja wirklich kein Geld.

Ich dachte daran, wohin die andern aus meiner Klasse
in die Ferien fuhren, nach Spanien oder nach Schwe-
den, überallhin. Wir aber saßen hier und tranken
Kakao, draußen regnete es, und ein kalter Wind
wehte.

„Letzte Woche haben Leute versucht, hier nachts zu
schwimmen", sagte Johanna gerade. „Um zwei Uhr
morgens!"

„*Oh là là!*", sagte Katinka.

„Aber mein Papa hat das gemerkt und ist raus, und da
haben sie ihn gesehen …"

„Und dann?", fragte Katinka.

„Sie sind abgehauen. In Badehosen. Ihre Sachen haben sie hier liegen lassen … aber ohne Ausweis und so …"

„In Paris gibt es eine Straße", sagte Katinka, „die ist ganz breit. Da gibt es Boutiquen*, da musst du Eintritt bezahlen, sonst kommst du gar nicht rein! Das hab ich im Fernsehen gesehen. Kostet fünf Euro!"

„Ich glaub, in der Straße war ich mal", sagte Johanna. Jetzt fand ich Katinka schon wieder genial, ich meine, weil sie so lässig von was anderem redete. Die Sache mit den Einbrechern war schon wieder vergessen. Johanna erzählte jetzt von dem Hotel, in dem sie gewohnt hatten.

Nach einer halben Stunde gingen wir. Es hatte aufgehört zu regnen, aber der Himmel war immer noch grau, so grau! Wir gingen nach Hause, am Fluss entlang.

„Das Walross hat gute Ohren", sagte ich. „Da müssen wir höllisch aufpassen!"

„Genau", sagte Katinka. „Das macht die Sache ja so aufregend!"

„Wenn es uns erwischt, gibt's extremen Ärger."

„Und zu Hause erst!"

---

* Boutiquen kleine, häufig vornehme Modeläden

„Wir müssen es aber trotzdem machen."

„Oh là là!"

Da blieb Robbie plötzlich stehen und zeigte auf etwas vor ihm auf dem Weg. Eine Hummel. Sie lag auf dem Rücken und bewegte die Beinchen nur noch ganz schwach.

„Die ist fast hin", sagte Katinka. „Die stirbt gerade."

Robbie fing an zu weinen.

„Gnadentod", sagte Katinka.

„Was?", fragte ich.

„Das macht man bei Pferden so", sagte sie. „Wenn die krank sind, schießt man sie tot. Hat mir Lara erzählt. Auf ihrem Reiterhof war ein Pferd, das konnte nicht mehr stehen. Alle vier Beine waren kaputt. Und da haben sie es erschossen. *Peng!* Damit es nicht mehr so leidet."

„Und bei einer Hummel?", fragte ich.

„Drauftreten", sagte sie.

Robbie weinte immer mehr.

„Trau ich mich nicht", sagte ich.

„Ich auch nicht", sagte Katinka.

Wir hätten die Hummel wohl einfach liegen lassen. Robbie aber nicht. Er riss ein Blatt von einem Baum und schob es unter die Hummel. Vorsichtig ging er damit an den Wegrand und legte das Blatt unter ein Gebüsch. Er riss noch ein zweites Blatt ab und legte es auf die Hummel drauf.

„Jetzt kann sie in Ruhe tot werden", sagte er.

Dann gingen wir weiter.

Kapitel 33–36

1. **Alfs Verabredung mit Johanna: Vervollständige die folgenden Sätze.**

   Alf erzählt Katinka und Robbie von seiner Verabredung mit Johanna, weil …

   Am Anfang sitzen Alf und Johanna nur da, trinken Cola und hören dem Regen zu, weil …

   Die Verabredung dauert nur eine halbe Stunde, weil …

2. **In welchem Kapitel findest du die Antworten zu Aufgabe 1?**

   In Kapitel ....

3. Welche der folgenden Aussagen sind richtig? Kreuze an.

☐ Robbie kann plötzlich schwimmen.

☐ Katinka kann schon zwanzig Bahnen kraulen.

☐ Die ganze Familie freut sich mit Robbie.

☐ Katinka erzählt zu Hause von Alfs Rendezvous.

☐ Alf geht zum Nachdenken auf einen Spielplatz.

4. Thorben und Alf: Was trifft auf wen zu? Verbinde.

In seiner Familie haben die Kinder eigene Zimmer.

Er hat alles, was man sich wünschen kann.

Alf

Bei ihm zu Hause ist immer etwas los.

Thorben

Er möchte lieber raus als drinnen zu sitzen.

Er möchte lieber Computerspielen als mit seinem Freund rauszugehen.

5. Warum lädt Johanna die drei Geschwister ein? Wohin und wozu lädt sie sie ein? Schreibe in eigenen Worten auf.

37

Es war schon Mitte Juli. Plötzlich wurde es heiß. Im Freibad war es rappelvoll, wir hatten gerade noch Platz für unsere Decke. Wir cremten uns ein wie verrückt, weil die Sonne brannte. Oben auf dem Zehner standen massenhaft Leute, und ich traute mich nicht hoch.

Auch in den Becken war schwer was los.

Ich dachte an die Tage, wo wir hier fast allein gewesen waren. An den Regen und wie schön er auf das Wasser prasselte, und an den kühlen Wind.

Johanna war mit ihrer Mutter für ein paar Tage nach Bayern gefahren, zu ihrer Oma.

Robbie saß oft nur so da und guckte sich die Leute an.

Katinka lernte Französisch.

„Du musst einen eisenharten Willen haben, wenn du Französisch lernen willst", sagte sie. *„Oh là là!"*

„Will ich ja gar nicht", sagte ich.

„Dann kannst du aber nicht mit den Französischen reden, wenn du in Paris bist."

„Will ich ja gar nicht", sagte ich nochmal. „Außerdem heißt das nicht die *Französischen,* sondern die *Franzosen.*"

Sie guckte mich an. Total arrogant. „Bei mir heißt das, wie das eben bei mir heißt. Das bestimme ich selber!"

Sie guckte wieder in ihr Buch. Da waren Tiere abgebildet. *„Scha!",* sagte sie laut. *„Ssurie! Oasoo! Mutong* und *Wasch!"*

Ich verstand kein Wort. Mir wurde es hier zu voll, ich wollte nur noch weg, die vielen Leute gingen mir auf die Nerven. Vielleicht sollte ich mal wieder in das Boxstudio gehen.

Neben uns saßen ein Mann und eine Frau, die sich stritten, es ging um Geld.

„Such dir endlich mal eine anständige Arbeit", schimpfte die Frau. „Ich kann doch nicht ewig für uns beide aufkommen." Der Mann zog an seiner Zigarette. „Reg dich nicht so auf", sagte er genervt.

Ich dachte an Papa und Mama. Sie verstanden sich meistens. Sie waren in Ordnung.

Wenn deine Eltern in Ordnung sind, geht es dir gut.

„Was heißt denn nach Hause auf Französisch?", fragte ich.

„*A la Mäsong*", sagte Katinka.

„Ich will *a la Mäsong*", sagte ich. „Jetzt!"

Auf dem Heimweg trafen wir Konrad. Er saß auf seinem Bett unter dem Torbogen und las. Als er uns sah, freute er sich.

„Ah, ihr!", rief er uns zu.

Robbie rannte los und setzte sich neben ihn.

„Wollen wir Flaschen sammeln?", fragte er.

„Nee, Kleiner, ich geh erst heute Abend los. Wenn die Leute massenhaft am Fluss sitzen und was trinken. Da komm ich voll auf meine Kosten!"

„Das ist ein schöner Beruf, Flaschensammler", sagte Robbie.

„Na ja …", murmelte Konrad. „Früher war ich ja was anderes. Ich hab auch mal als Fernfahrer gearbeitet. Bin mit dem Laster bis runter nach Südfrankreich."

„*Oh là là!*", rief Katinka. „Hast du da schicke Damen gesehen?"

„Klar", sagte Konrad. „Die laufen da ja überall rum."

Katinka fragte ihm Löcher in den Bauch, und Konrad erzählte vom Meer. Dann wollte sie wissen, warum er das nicht mehr machte mit dem LKW-Fahren. Da guckte er traurig in den Fluss und sagte nichts.

A la Mäsong war es so: Onkel Carl hatte gekocht. Leckere Hotdogs.

„Original amerikanisch!", sagte er und stellte alles auf den Tisch, was man dazu brauchte: Würstchen, Brötchen, Ketchup, Senf und saure Gürkchen.

Wir setzten uns hin, aßen und erzählten uns was. Robbie guckte seinen Hotdog an wie ein Außerirdischer eine Giraffe.

Papa umarmte Mama.

So musste es sein. Genau so.

38

Ein paar Tage später kraulte Katinka dreizehn Bahnen! *Dreizehn!* Als sie aus dem Wasser stieg, legte sie sich sofort hin, direkt neben das Becken, und wir holten ihr was zu trinken.

Adil kam und fühlte ihren Puls, es war aber alles in Ordnung.

Das Walross beobachtete uns von Weitem und trank dabei Kaffee.

Johanna ging über den Rasen, in einem weißen Bade-anzug! Johanna!

Du hättest sie sehen sollen.

39

Uns blieben nur noch ein paar freie Tage, dann waren die Ferien vorbei. Es war schon Anfang August. Andauernd änderte sich das Wetter, manchmal war es sehr heiß, dann regnete es wieder tagelang, und der Himmel war dunkelgrau.

Katinka schwamm vierzehn Bahnen. Robbie ging immer öfter ins große Becken, aber nur, wenn Adil dabei war und aufpasste. Ich stieg etwa zwanzigmal auf den Zehner rauf und leider auch wieder runter.

Johanna kam manchmal und setzte sich zu uns auf die Decke.

Nebenan auf dem Trainingsgelände trainierten sie hart, denn bald ging die neue Saison los. Manchmal guckten wir zu. Wenn Alfonso Blasio uns sah, ärgerte er sich.

Sie hatten einen neuen Spieler aus Frankreich, er hieß Louis Loumane. Alle nannten ihn Lulu. Er musste vor und nach dem Training Interviews geben, stand da und lachte in die Kamera.

Onkel Carl zog bei uns aus. Er hatte eine eigene Wohnung gefunden, in der Nachbarschaft. Er kam weiter zu uns rüber, und wir guckten Filme mit ihm.

Noch bis vor Kurzem waren wir fünf gewesen in unserer Familie. Jetzt waren wir sechs. Ein Leben ohne Onkel Carl konnten wir uns gar nicht mehr vorstellen.

Dann kam der erste Tag auf der neuen Schule. Papa und Mama brachten mich hin.

Vor dem Schulgebäude war ein kleiner Hof mit kaputten Basketballkörben. Das ganze Schulgebäude war von oben bis unten vollgesprayt.

Auf einem Zettel am Haupteingang stand, in welchen Raum ich sollte. Ich, Alfred Bukowski.

Ich ging in den dritten Stock. Es war erst Viertel vor acht, aber in Raum 19 war schon viel los. Der Lehrer war auch schon da, er hatte ein oranges T-Shirt an und eine Hose mit vielen Taschen überall.

Wir sollten uns irgendwohin setzen.

Ich setzte mich neben einen Jungen, er saß im Rollstuhl und guckte vor sich hin. Ich sagte ihm meinen Namen und fragte: „Alles okay bei dir?"

Er hielt mir seine Hand hin. Als ich sie schüttelte, fühlte sie sich ganz schlaff an.

„Ich heiße Robert", krächzte er. Mann, das hörte sich an wie ein kranker Rabe.

Dann mussten sich alle vorstellen. Alle sagten allen ihre Namen. Wir waren siebzehn Jungs und sechs Mädchen. Aber keine war so schön wie Johanna.

40

Es war der 12. August. Das weiß ich deshalb so genau, weil es der Hochzeitstag von Mama und Papa ist. Sie schenken sich dann immer was und küssen sich andauernd.

Wir lagen auf unserer Decke und langweilten uns, Katinka und ich. Robbie schlief. Nach dem Hort war er immer müde. „Wie ist dein neuer Lehrer?", fragte Katinka.

„Geht so", sagte ich.

„Geht so gut oder geht so doof?"

„Geht so."

„Also, Frau Knöppke-Dieckmann, die ist so was von unschick. Stell dir vor, sie hatte heute wieder ihre ausgetretenen Gummilatschen an!"

Ich wollte mir das lieber nicht vorstellen.

„Wach mal auf, Robbie", sagte Katinka. „Die Sonne knallt dir auf die Birne!"

„Bei mir ist noch Mond", murmelte er und behielt die Augen zu.

„Du bist süß, Schätzchen!"

„Die Kaninchen kommen immer durch das Loch rein."

„Welche Kaninchen?"

„Die wohnen hier", sagte er und rieb sich die Augen.

„Nachts. Und reinkommen tun die durch das Loch hinterm Volleyballfeld."

„Woher weißt du das?", fragte ich.

Robbie antwortete nicht, sondern guckte in den Himmel. Irgendwas sah er da.

Katinka stand auf. „Ich geh mal nachsehen."

„Stimmt", sagte sie, als sie zurück war. „Da ist ein Loch im Zaun. Groß genug für Karnickel. Aber wenn man das aufschneidet, kommen da auch Bukowskis durch." Sie lächelte mich an.

Robbie fing an zu singen. *„Oh Tannenbaum, oh Tannenbaum, wie grün sind deine Blätter!"*

„Ich wünsch mir im Adventskalender nur Nagellack", sagte Katinka.

„Mama will das nicht", sagte ich. „Dafür bist du noch viel zu klein."

„Halt den Mund", sagte sie und haute mir auf den Kopf.

Ich haute zurück. Sie warf sich ins Gras und tat so, als hätte ich sie wer weiß wie kaputtgemacht.

Robbie sang weiter.

Ich ging zu ihr, um mich vielleicht zu entschuldigen. Immerhin war ich zehnmal stärker als sie. Da sprang sie aber schon wieder auf und sagte: „Das wird krass, Alf! So was von *oh là là!*"

41

Robert wurde betreut. Von Leila.
Leila brachte ihn morgens in die Schule, saß bei ihm,
egal, ob er Hilfe brauchte oder nicht, und brachte ihn
wieder nach Hause.
Leila war 21. Sie hatte ganz kurze Haare und in der
Nase einen Ring. Wir mochten uns sofort.

Einmal war mein Fahrrad kaputt, und ich musste zu
Fuß zur Schule. An diesem Tag brachte mich Leila am
Nachmittag mit dem Kleinbus nach Hause. Ich setzte
mich neben Robert. Er guckte raus auf die Straße, dabei
nickte er mit dem Kopf.
„Was machst du heute noch?", fragte Leila.
„Ins Freibad gehen", sagte ich. Ich erzählte ihr von der
Freikarte und von Katinka und Robbie.
„Will ich auch!", sagte Robert.
Klar will er das, dachte ich. Soll er haben!

Am nächsten Tag um vier klingelte es bei uns an der Tür.

„Das ist bestimmt Leila", rief Katinka aufgeregt, obwohl sie Leila überhaupt noch nicht persönlich kannte.

Mama kam mit runter und sagte Hallo. Wir sollten um sieben wieder zu Hause sein.

„Wird gemacht", sagte Leila.

Ich setzte mich nach vorne, neben sie. Katinka und Robbie stiegen hinten ein, bei Robert. Sie guckten sich an.

„Gibt es in eurem Freibad einen behindertengerechten Zugang zum Wasser?", fragte Leila.

„Weiß ich nicht", sagte ich. Auf so was hatte ich nie geachtet.

Als wir da waren, schoben wir Robert rein. Es war ziemlich voll. Das Walross stand am Eingang und beobachtete uns.

„Gibt es hier einen behindertengerechten Zugang zum Wasser?", fragte ihn Katinka.

Ich war mir nicht sicher, ob sie wusste, was das war.

Das Walross nahm einen Schluck Kaffee und antwortete nicht.

„Gibt es hier einen behindertengerechten Zugang zum Wasser?", fragte Katinka, diesmal etwas lauter.

„Nee", sagte das Walross. „Is' nich'."

„Warum is' nich'?", fragte Leila.

Das Walross bekam wütende Schlitzaugen. „Weil die Bädergesellschaft sich nicht drum kümmert", antwortete es.

„Das wird sich ändern", sagte Leila. „Die kriegen bald Post von meiner Chefin."

Das Walross guckte weg und kümmerte sich nicht mehr um uns.

Wir schoben Robert bis auf den Rasen, breiteten unsere Decken aus und setzten uns in die Sonne.

Wir zogen unsere Badesachen an. Robert konnte es nicht allein, deshalb half Leila ihm.

Dann wollte Robbie ins Wasser. Robert auch.

Wir schoben ihn bis zum Rand des Nichtschwimmerbeckens. Leila baute sich vor ihm auf und hob ihn aus dem Rollstuhl, sie war stark wie Pippi Langstrumpf. Vorsichtig trug sie ihn ins Becken. Dann ging sie in die Hocke und setzte Robert ins Wasser. Er freute sich und lachte. Er spritzte mit Wasser um sich.

Robbie schwamm um ihn herum wie ein Haifisch und biss ihn in die Beine, so wie wir das mit ihm gemacht hatten, am Anfang des Sommers.

Als wir wieder auf unserer Decke saßen, fragte Leila:
„Was darf ich euch spendieren?"
Sie war so freundlich und so cool und so besonders.
Katinka fand das auch.
„Ün Glass, Madamm", sagte sie. *„Merssie!"*
Leila sagte einen langen Satz auf Französisch, den ich
aber nicht verstand. Katinka war begeistert.
„Wu parlee frongssä?", rief sie.
„Wui, Madamm!", antwortete Leila.
Katinka guckte sie an wie einen Engel. Sie ging mit ihr
zum Kiosk und redete auf sie ein.
Wir bekamen, was wir uns gewünscht hatten, Eis,
Pommes, Limo.
Johanna kam und setzte sich zu uns. Alles war gut und
richtig, ich meine, das Leben.

42

Du denkst, es ist immer Sommer – aber dann guckst du in die Bäume und siehst, dass sie anfangen, sich zu verfärben. Die Blätter werden gelb und rot, manche sind schon braun und fallen runter.

Ich stand auf dem Zehner, hielt mich am Geländer fest und guckte von oben in die Baumkronen. Ein kalter Wind blies, und es nieselte ein bisschen.

Ein genialer Tag, um ganz oben auf einem Sprungturm zu stehen und so zu tun, als sei nichts. Hallo, Leute, ich steh hier nur so, um mal in Ruhe auf die Bäume runterzugucken. Nicht nötig, dass ihr mich so anstarrt, nur weil ich hier schon seit zehn Minuten rumhänge und nicht springe. Vielleicht hab ich das ja gar nicht vor. Guckt woandershin.

Die, die da waren, wollten aber nicht woanders hingucken. Es waren nicht so viele, aber es sah so aus, als hätten sie sich verabredet, Alf Bukowski anzustarren.

Katinka, Robbie, Leila und Robert standen beieinander und guckten ebenfalls nach oben. Robert wackelte ein bisschen mit dem Kopf.

Plötzlich kam Johanna über die Wiese, diesmal ohne Regenschirm, aber mit Regenjacke. Eine hellblaue Regenjacke, ihre langen Haare wehten im Wind!

Sie stellte sich zu den andern.

Jetzt konnte ich nicht mehr nach unten, ich meine, ich konnte natürlich schon, aber diesmal wollte ich nicht.

Diesmal wollte ich es durchziehen.

Man muss einen eisenharten Willen haben, du weißt doch. Ich ging vor bis zum Rand. Ich guckte nur ganz kurz nach unten, denn wenn du zu lange guckst, bist du geliefert.

Ich spannte meinen Körper ein wenig an. Dann ließ ich mich fallen. Ich war ein Pfeil im Regen, im Wind. Kurz bevor ich aufkam, spitzte ich die Füße. Du hättest sehen sollen, wie ich aufkam!

Es war so dermaßen genial.

„Bravo, bravo!", rief Leila. Ein paar Leute klatschten, zum Beispiel die Oma mit dem orangen Badeanzug und den Blumen auf den Badelatschen.

Robert versuchte auch zu klatschen, seine Hände schlugen lasch gegeneinander, dabei lachte er. Seine Augen leuchteten hinter den dicken Brillengläsern. Robbie guckte in den Himmel. Katinka unterhielt sich mit Johanna, es sah aus, als hätten sie überhaupt nichts mitbekommen von meinem Wahnsinnssprung.

Das ärgerte mich.

Bald aber freute ich mich wieder.

„Am besten ist, du springst gleich nochmal", sagte Leila. „Dann hält es besser."

„Geht in Ordnung", sagte ich und sprang ein zweites Mal. Diesmal kam ich etwas schief auf, aber egal. Ich sprang ein drittes Mal, ein viertes, dann wusste ich, dass ich es konnte.

Zufrieden legte ich mich neben Katinka und Robbie auf die Decke.

„Schwalben sind so schnell", sagte er. „Da kannst du fast gar nicht hingucken."

„Mmh", machte ich. Robbie liebte Schwalben. Sie hatten ihre Nester unter den Mauervorsprüngen gebaut und kackten den Leuten darunter auf die Köpfe.

„Du musst das bald mal hinkriegen mit deinen zwanzig Bahnen", sagte ich zu Katinka. „Robbie und ich haben unsere Sachen schon geschafft."

„Sei mal bloß nicht so vorlaut", sagte sie.

Wir stritten uns, das war ja alle naselang so. Für uns war das ganz normal, auch, dass wir uns von Zeit zu Zeit eine reinhauten. Was wir jetzt auch machten. Leila guckte uns groß an.

„Ihr seid vielleicht drauf!", rief sie.

„Hast du einen großen Bruder?", fragte Katinka.

„Nee", antwortete Leila. „Auch keine Schwester."

„Da hast du Glück gehabt", sagte Katinka. „Da konntest du ja immer in Ruhe deine Pommes essen, ohne dass ein Trottel wie Alf was abhaben wollte."

„Ich hab mir aber immer Geschwister gewünscht", sagte Leila. „Ich war andauernd allein mit meinen Eltern. Ihr drei habt's gut. Ihr habt immer euch selbst. Ihr geht zusammen ins Freibad. Ist doch toll!"

„Dein Bruder wäre aber bestimmt kein Trottel gewesen", rief Katinka. „Das ist nämlich der Unterschied!"

„Alf ist kein Trottel", krächzte Robert. „Alf ist mein Freund."

Ich hatte das noch gar nicht gewusst. Na gut, jetzt hatte ich also einen Freund.

„Freund heißt *ami*", sagte Katinka zu mir. „Merk dir das mal!"

Leila lachte laut auf.

Schlau mit blau

Kapitel 37-42

1. **Alf denkt über seine Eltern nach.**

   a) **Welche Wörter fehlen hier? Setze sie aus den Silben richtig zusammen und ergänze.**

   Ich (1) _____ an Papa und Mama. Sie verstanden

   sich (2) _____. Sie waren in Ordnung.

   Wenn deine Eltern in (3) _____ sind,

   geht es dir gut.

te	Ord	tens	dach	nung	meis

   b) **Finde die Textstelle im Originaltext und kontrolliere deine Lösung.**

   Seite _____ , Zeilen _____

2. **Finde die passenden Textstellen zu den folgenden Aussagen.**

   a) Konrad war früher Fernfahrer.

   Seite _____ , Zeile _____

   b) Der neue Fußballspieler aus Frankreich wird Lulu genannt.

   Seite _____ , Zeile _____

   c) Onkel Carl zieht in eine Wohnung in der Nachbarschaft.

   Seite _____ , Zeilen _____

   d) In der neuen Schule lernt Alf Robert kennen.

   Seite _____ , Zeile _____ bis Seite _____ , Zeile _____

Schlau mit blau

3. Der Tag im Freibad mit Robert und Leila (Kapitel 41):
Schreibe darüber, wie sich dieser Tag für Alf anfühlt.
Verwende beliebig viele der folgenden Stichwörter
oder schreibe in eigenen Worten.

lachen   Wasser   besonders

Sonne   gemeinsam   sitzen

4. Was passiert in Kapitel 42? Zeichne zu der Textstelle,
die du am wichtigsten findest.

43

Ein paar Tage später war Katinka so weit. Vorher trank sie noch eine Flasche Apfelschorle und aß ein Brötchen. Dann ging sie zum Becken. Wir gingen hinterher und setzten uns auf die kleine Tribüne am Rand.

Es war so ein komisches Wetter, ganz warm und stickig. Der Himmel war graugelb.

Katinka schwamm los – und ich merkte sofort, heute war sie besonders gut. Sie zog leicht durchs Wasser, ohne viel Stress. Manche schwimmen wie Kampfhunde. Katinka nicht. Es spritzte fast gar nicht.

Wir zählten genau mit, ich auf Deutsch, Robbie auf Französisch.

„*Troa!*", rief er nach der dritten Bahn, „*katr*" nach der vierten.

Bei *nöff* war Katinka immer noch in Form. Dann merkte ich, dass sie etwas schlapp wurde, aber sie schwamm weiter, weil sie eisenhart war.

Dann plötzlich blitzte es. Kurz darauf ein Donner.

Ich sah, dass Adil zum Himmel guckte und die Stirne runzelte.

Robbie hatte mittlerweile gelernt, bis zwanzig zu zählen.

„*Oongs!*", zählte er. „*Duus! Trääs!*"

Das Walross und zwei andere Bademeister kamen über den Rasen zum Becken gelaufen. Es blitzte schon wieder. „*Katoors!*", rief Robbie aufgeregt. Nur noch sechs Bahnen. *Zack!,* schon wieder ein Blitz. Und ein krachender Donner. Die meisten Leute stiegen aus dem Becken, Katinka aber schwamm einfach weiter. Es fing an zu regnen, Wasser prasselte auf Wasser.

„*Kööngs!*", rief Robbie. „*Ssääs!*"

„Alle aus dem Wasser!", rief das Walross. Und aus dem Lautsprecher kam eine Stimme: „*Alle Badegäste werden aufgefordert, umgehend die Becken zu verlassen!*"

Katinka aber dachte nicht daran. Vielleicht hatte sie es auch gar nicht gehört. Sie wollte ihre zwanzig Bahnen schwimmen, ihren Rekord. „*Dießett!*", rief Robbie.

„Du, komm da sofort raus!", rief das Walross.

Katinka hob den Kopf aus dem Wasser und rief japsend: „Gleich!"

„Nein! Jetzt!", rief das Walross wütend.

„Nur noch zwei Bahnen und ein bisschen!", japste Katinka und schwamm weiter.

„Verdammt nochmal! Du kommst jetzt raus, oder ich hol dich!" Das Walross rannte zum Beckenrand. Es hatte eine kurze Jogginghose an und ein rotes Bademeisterhemd.

„*Diswuit!*", rief Robbie. Oben blitzte und krachte es. Die Leute setzten sich unter das Tribünendach, um zu gucken, was jetzt passierte.

Ich hatte Angst um Katinka, sogar sehr. Bei einem Gewitter durfte man nicht im Wasser sein, weil einen da der Blitz treffen konnte. Wenn dich ein Blitz trifft, ich meine, besonders im Wasser, bist du hin.

„Los, spring rein und hol sie da raus!", rief das Walross Adil zu.

Adil zog sich seine Hose aus. Darunter hatte er eine Badehose an.

Als Katinka ihn kommen sah, war sie gerade auf der anderen Seite des Beckens. „*Disnöff!*", rief Robbie. „*Disnöff!*" Sie hätte jetzt aus dem Becken kommen müssen, wirklich. Aber sie tat es nicht. Adil schwamm genau auf sie zu, noch ein paar Züge, und er hatte sie.

Da aber schwamm Katinka plötzlich quer, und Adil schwamm hinterher. Als Katinka das sah, schwamm sie einfach wieder zurück – und Adil musste wieder die Richtung ändern. Er schwamm nicht besonders schnell, auf jeden Fall nicht schnell genug für Katinka.

Jetzt sprangen auch die zwei anderen Bademeister ins Wasser.

Katinka war insgesamt schon mindestens eine ganze Bahn kreuz und quer geschwommen – und Robbie rief: *„Wäng! Wäng! Wäng!"*

Ich rief: „Zwanzig!"

In diesem Moment packten sie Katinka und zogen sie aus dem Wasser.

Über uns blitzte und krachte es.

Sie hielten Katinka fest, fast wie bei einer Verhaftung, und gingen mit ihr zur Tribüne. Wir kamen mit.

„Ich hab's geschafft!", rief Katinka und lachte glücklich.

Doch jetzt kam das Walross auf sie zu. Es war fuchsteufelswild.

Es packte meine Schwester am Arm und redete auf sie ein.

„Was fällt dir ein, du unverschämte Göre?", rief es.

„Unverschämte Göre, unverschämte Göre!", sang Katinka.

„Ja, das bin ich. Lalala!"

„Du hast ab sofort Hausverbot!", rief das Walross. „Lass dich hier nie wieder blicken, hörst du?"

Das war schlimm! Katinka hörte auf zu singen. Sie hörte auch auf, glücklich zu sein.

„Das … das geht doch aber nicht", sagte sie leise. „Ich hab doch die Freikarte. Ich will doch noch ganz oft herkommen. Der Sommer ist doch noch gar nicht fertig …"

„Für dich ist hier Feierabend!", sagte das Walross. „Mach, dass du nach Hause kommst!"

„Das ist … das ist so gemein!", sagte Katinka und fing an zu weinen. „So fies und überhaupt nicht elegant! *Merd, merd, merd!*"

Du kannst dir bestimmt denken, was das heißt. Falls nicht, frag deinen Lehrer.

44

Das Gewitter zog so schnell ab, wie es gekommen war. Es regnete nur noch ein bisschen. Wir packten unsere Sachen zusammen und sagten kein Wort. Robbies Augen folgten einer Möwe, die ruhig über den Becken kreiste.

Auf dem Heimweg entlang am Fluss trafen wir Konrad. Er schob sein Fahrrad vor sich her, an beiden Seiten des Lenkers hingen Plastiktüten voll mit leeren Flaschen. Wir erzählten ihm, was passiert war.

„Ich kenn den Bademeister ja nicht persönlich", sagte er. „Wahrscheinlich ist der ein bisschen hart drauf. Aber, na ja, ich kann ihn verstehen. Er ist der Chef von dem Bad. Er ist verantwortlich."

„Aber ich musste doch meine zwanzig Bahnen schaffen!", weinte Katinka.

„*Wäng!*", sagte Robbie stolz. „Und alles gekrault!"

„Ja, Kleiner, ich kapier schon. Aber das war verdammt gefährlich …"

„Weißt du, was Wasser auf Französisch heißt?", fragte Katinka.

„Nee", sagte Konrad.

„*Oo* ", heißt das. „Und das schreibt man E-a-u. Ist das nicht elegant?!"

„Stimmt …" Konrad lächelte sie an. „Das stand auf meinem Parfüm drauf, früher, als ich noch Parfüm hatte …"

„Ich will weiter ins *Oo*!", rief Katinka. „Und ich komm auch weiter ins *Oo,* so viel ist sicher und steht fest!"

Mama und Papa waren auch wütend. Katinka verzog sich in ihr Bett und wollte mit niemandem mehr reden. Robbie und ich wussten nicht, wie es jetzt weiterging. Ohne Katinka würde es im Freibad keinen Spaß machen. Es machte aber auch keinen Spaß, zu Hause zu sitzen und dabei zuzusehen, wie der Sommer vorbeiging.

Am nächsten Tag rief Mama im Freibad an, um sich für Katinka zu entschuldigen.

„Wenn das Walross dran ist", flüsterte Katinka ihr zu, „musst du höllisch aufpassen. Vielleicht kann es dich nämlich durchs Telefon anfallen …"

„Katinka, Katinka", seufzte Mama, während sie wartete, dass jemand ranging. „Was geht bloß vor in deinem hübschen Köpfchen?"

Katinka zuckte mit den Schultern.

„Ja, hallo", sagte Mama in den Hörer, „hier spricht Marlene Bukowski … Ja, Bukowski … Meine drei Kinder sind jeden Tag bei Ihnen im Bad und … Genau, Alf, Katinka und Robbie … Gestern muss da was passiert sein … Ja, richtig … Wie bitte? … Also, ich … Wissen Sie, meine Katinka ist eigentlich ein richtig höfliches Mädchen, aber manchmal auch ein wenig eigensinnig … Na, unverschämt würde ich das jetzt nicht nennen … Ja, da haben Sie sicher recht, das war gefährlich, aber … Ich wollte Sie bitten, sich das mit dem Hausverbot nochmal zu überlegen, meine Kinder lieben Ihr Bad … Katinka verspricht, so was nie wieder zu tun … Nein? … Könnten Sie nicht vielleicht … Schade, ich dachte, es wäre doch … Auf Wiederhören …"

Mama guckte den Hörer an, wie als ob sie sich wundern würde. Dann legte sie auf.

„War es das Walross?", fragte Katinka.

Mama nickte.

„Siehste", rief Katinka, „ es beißt!"

„Dieser Mann ist wirklich sehr unfreundlich", sagte Mama. „*Oh là là!*", sagte Robbie.

„Da ist nichts zu machen", sagte Mama. „Der lässt nicht mit sich reden."

Am Abend kam Papa nach Hause. Mama erzählte ihm, dass sie mit dem Walross telefoniert hatte. Katinka stand dabei und zog eine Schnute, als hätte sie mit alldem nichts zu tun.

„Morgen ist Sonntag", sagte Papa. „Wir gehen ins Freibad. Alle zusammen. Wollen doch mal sehen … Bukowskis kriegen kein Hausverbot!"

Ich war mir nicht sicher, ob das eine gute Idee war. Wenn Papa schlechte Laune hatte, konnte man nie wissen, wie er sich aufführte.

„Sonntags ist immer viel los", sagte ich. „Da kann man gar nicht in Ruhe schwimmen."

„Ist mir wurscht", brummte Papa.

Nach dem Frühstück fuhren wir los. Am Fluss entlang.

„Da ist Konrad!", rief Katinka.

Wir hielten an und stellten ihm Mama und Papa vor. Das fand ich so gut an den beiden, ich meine, dass sie so einfach mit jemandem redeten, der auf der Straße

lebte. Sie redeten mit Konrad wie sie mit jedem anderen auch redeten. Es war ihnen egal, ob jemand Schul-
direktor war oder Flaschensammler.

„Wie viel machen Sie denn so im Schnitt?", fragte Papa.

„An sehr guten Tagen bis zu zehn Euro", sagte Konrad.

„An schlechten bloß zwei oder drei."

„Nicht eben viel für so harte Arbeit", meinte Mama.

„Aber man ist immer schön an der Sonne", sagte
Katinka.

„Ich will nie ins Büro oder so was. Aber ich werd ja
sowieso Model in Paris."

„Und ich Flaschensammler", sagte Robbie.

Kurz danach standen wir in der Schlange vor der Kasse.
Mama, dann Papa, dann Robbie, Katinka und ich. Als
wir an der Reihe waren, kaufte Mama eine Karte für
sich und Papa. Robbie hielt unsere Freikarte hoch wie
sonst auch.

Die Frau an der Kasse kannte uns natürlich. Sie guckte
uns an.

„Ich fürchte, für euch gibt es da ein Problem", sagte
sie.

„Oder … äh, für dich …" Sie meinte Katinka.

„Können wir mal den Chef sprechen?", fragte Papa.

„Der ist gerade beschäftigt", sagte die Frau.

„Wir warten", sagte Papa.

Also warteten wir. Es dauerte zehn Minuten, bis sich das Walross endlich blicken ließ. Es stapfte über den Rasen und sah schlecht gelaunt aus.

„Das ist ja Lothar!", rief Papa. „Mensch, Lothar, so 'ne Überraschung!"

Auch das Walross wunderte sich.

„Tag", murmelte es und gab Papa die Hand. Mama nickte es nur zu.

Uns guckte es nicht mal an.

„Ich wusste ja gar nicht, dass du hier der Chef bist", sagte Papa. „In der Schule wolltest du doch immer zur Polizei."

„Mmmh", machte das Walross.

„Hör mal", sagte Papa, „Ich hab gehört, da gibt es ein Problem …"

„Allerdings", brummte das Walross. Ich konnte merken, dass es sich nicht freute, Papa zu treffen.

„Komm, lass uns mal unter vier Augen reden", meinte Papa und zog das Walross einfach in eine Ecke, wo wir sie nicht mehr hören konnten. Aber wir konnten sie sehen.

Wir sahen:

Papa redet.

Das Walross schüttelt den Kopf.

Papa haut ihm auf die Schulter und lacht.

Das Walross guckt schlecht gelaunt.

Papa flüstert ihm was ins Ohr.

Das Walross wird rot. Ich schwöre!

Papa lacht.

Das Walross ärgert sich.

Papa droht ihm mit dem Zeigefinger.

Das Walross sagt: „Okay", das kann ich an seinen Lippen ablesen.

Papa haut ihm wieder auf die Schulter und lacht.

Das Walross geht zur Kasse und sagt etwas zu der Frau. Dann stapft es davon.

Papa kam zurück und hob den Daumen. Die Frau an der Kasse sagte, wir könnten jetzt durchgehen, kein Problem.

„Und du", sagte sie zu Katinka, „du befolgst von jetzt ab die Regeln hier, ja?"

„Wui, Madamm!", rief sie und drehte sich um sich selbst.

Das Freibad hatte uns wieder.

45

Papa hat uns nie erzählt, wie er das hinbekommen hat, ich meine, was er zu dem Walross gesagt hat.

„Das ist geheim", meinte er nur. „Was unter Männern."

Mama guckte ihn an.

Ich fand Geheimnisse unter Männern gut. Unter Freunden. Aber wenn ich das richtig beobachtet hatte, waren Papa und das Walross überhaupt keine Freunde.

Das mit der Übernachtung wurde immer enger. Es war schon Anfang September, und uns blieben noch nicht mal mehr zwei Wochen.

Und wir hatten noch keinen Plan.

„Wir können uns nicht einfach einschließen lassen", sagte Katinka. Wir saßen auf unserer Decke, ein paar Tage nach der Sache mit Papa und dem Walross. „Mama und Papa rufen die Polizei, wenn wir am Abend nicht nach Hause kommen."

„Also müssen wir warten, bis sie schlafen, und dann heimlich abhauen", sagte ich. „Sonst fällt mir nichts ein."

„Mir auch nicht", sagte Robbie. „Aber wenn wir erstmal hier sind, kommen wir rein wie die Kaninchen."

Da sahen wir Amadou, Abdoul und Issouf, sie gingen über die Wiese. Mit zwei Mädchen.

„*Ssalü!*", rief Katinka. „*Ssa wa?*"

Die drei lachten und gingen weiter. „Warum lässt du sie nicht endlich mal in Ruhe?", fragte ich.

Sie antwortete nicht, sondern fing an, Robbie durchzukitzeln. Robbie kreischte.

Dann kam Johanna auf uns zu. Sie hatte ein hellbraunes T-Shirt an, mit einem Tiger drauf. Sie setzte sich zu uns, genauer gesagt: neben *mich!*

„Mein Vater war echt sauer", sagte sie zu Katinka. „Weil du nicht aus dem Wasser raus bist und auch weil euer Papa dann hier war."

„Tut mir leid", sagte Katinka. „Ich musste aber un-be-dingt zu Ende schwimmen. *Un-be-dingt!* Stell dir vor, ich war schon bei Bahn neunzehn!"

„ … fast bei *wäng*", sagte Robbie.

„Ist mir ja auch egal, ob er sauer war", sagte Johanna. Sie guckte mich an wie jemanden, den man gut kennt.

„Ist toll, dass ihr immer noch hier seid!"

Ich wurde rot, auf jeden Fall fühlte es sich so an.

„*Merssie!*", sagte Katinka. „*Merssie,* ich freu mich auch! Und Robbie freut sich ebenfalls! Und Alf ja sowieso und besonders!"

Sie kicherte.

Johanna kicherte auch.

Ich guckte auf unser Handtuch, so peinlich war mir das.

Und ich nahm mir vor, Katinka später eine reinzuhauen.

„Gestern Nacht waren schon wieder Leute hier, um zu baden", erzählte Johanna. „Papa hat sie erwischt."

Ich stellte mir vor, wie es war, von ihm erwischt zu werden, nachts, wenn sonst niemand dabei war. Vielleicht hatte Katinka recht, und er biss einen. Auf jeden Fall ging es einem garantiert schlecht.

„Komisch, dass das immer wieder jemand macht", sagte Johanna.

Ich guckte Robbie an und Robbie mich. Hoffentlich hielt er den Mund.

„*Oh là là!*", murmelte er.

„Was macht ihr eigentlich, wenn hier bald zu ist?", fragte Johanna.

Katinka stand auf und machte einen auf elegant.

„Model üben. Und weiter Französisch lernen."

„Ich geh boxen im Boxstudio", sagte ich.

„Cool!" Johanna guckte auf meine Muskeln. Da waren aber fast keine.

„Ich sammle Flaschen", sagte Robbie. „Für eine leere Flasche bekommt man ganz viel Cent." Er erzählte von Konrad.

„Den kenn ich", sagte Johanna. „Der war mal hier, um zu duschen. Aber Papa hat ihn rausgeworfen."

Wir wollten wissen, warum.

„Weil er so komisch riecht."

Robbie guckte in die Wolken, mit einem Blick, den ich nicht beschreiben kann. So weit weg von uns und von allen.

„Frau Knöppke-Dieckmann riecht auch ein bisschen streng", sagte Katinka. „Nämlich aus dem Mund."

„Mein Opa auch", sagte Johanna.

„Parisfrauen riechen immer alle lecker", sagte Katinka.

„Das ist da ganz normal."

„Woher willst du das denn wissen?" Ich guckte sie an.

„Du warst doch noch nie in Paris."

Sie guckte arrogant zurück. „So was weiß man, wenn man sich auskennt."

Ich gab ihr eine Kopfnuss, aber sie lachte bloß.

„Ich will jetzt schwimmen", sagte Robbie. „Ich ver-
trockne sonst nämlich."

„Okay, mein Süßer!" Katinka stand auf und ging mit
ihm los.

Johanna und ich, wir schauten zu, wie sie Spaß hatten.
Sie schwammen nebeneinanderher und prusteten sich
dabei Wasser ins Gesicht. Ich hätte das jetzt auch gern
mit Johanna gemacht.

Auf einmal sagte sie, dass ihr Rad schon wieder kaputt
war. Das Schutzblech war locker und klapperte.

„Kann ich mir ja mal angucken", sagte ich.

„Jetzt gleich?"

Ich nickte.

Dann stand ich im Vorgarten von Familie Walross und
versuchte, das Schutzblech festzukriegen. Die Schrau-
ben waren verrostet, und ich schwitzte. Irgendwann
aber bekam ich es hin.

Das Walross persönlich stapfte vorbei und guckte nur
komisch.

46

Zwei Tage danach machte Robbie Bronze, Mama und Papa waren dabei.

Ich sprang zur Feier des Tages nochmal vom Zehner. Katinka kraulte zwanzig Bahnen, so, als wäre das gar nichts. Ein Mann beobachtete sie dabei und fragte, ob sie nicht in den Schwimmverein eintreten wollte.

„Nein", sagte sie, „bloß nicht! Da muss man ja immer machen, was der Trainer will. Und außerdem brauch ich Zeit für was anderes."

47

Dann kam der Tag, an dem …

Es war ein Freitag. Es war schön warm.

Wir mussten schnell entscheiden und durften nicht zu lange nachdenken. Wenn du zu lange nachdenkst, wird alles kompliziert, und du verhedderst dich.

Freitags waren Mama und Papa immer müde von der Woche. Manchmal aber gingen sie am Abend noch hoch zu den Nachbarn aus dem sechsten Stock, den Schneiders. Sie tranken ein paar Bier und guckten sich einen Film an. Wir blieben unten und brachten Robbie ins Bett. Wenn sie wiederkamen, freuten sie sich darauf, am nächsten Tag ausschlafen zu können.

So war es auch an diesem Freitag.

Sie küssten und umarmten uns, als würden sie auf Weltreise gehen, und zogen ab. Es war so gegen acht.

Wir brauchten uns nur anzusehen, Katinka und ich, um zu wissen, was der andere dachte. Wir nickten uns zu.

„Bist du bereit, *mong Scherie?*", fragte Katinka Robbie.
„*Oh là là*", sagte er. „Aber ich brauch meine Kuschelrobbe!"

Wir holten Papas großen Rucksack aus dem Abstellraum
und packten ein, was uns gerade einfiel: Kekse, zwei
Decken, Handtücher, eine Taschenlampe, die Zange.
Drei Pullover. Und natürlich Robbies Kuschelrobbe.

Wir zogen unsere Jogginghosen an und brachten
Robbie ins Bett. „Wir wecken dich, wenn's losgeht",
sagte ich.

Er kniff die Augen zusammen. „Aber nicht schummeln!
Nicht mich vergessen!"

„Schätzchen", sagte Katinka. „Niemand vergisst nie
unseren Robbie!"

Ich las ihm eine Geschichte vor, von einem Fuchs, der
Bücher frisst.

Robbie war genauso aufgeregt wie wir und konnte nicht
einschlafen. Erst als wir uns neben ihn legten, machte
er die Augen zu.

Es war erst halb zehn – wir fragten uns, ob wir irgendwas Wichtiges vergessen hatten. Aber uns fiel nichts ein.

Wir waren nervös, das ja. Und wir hatten auch ein bisschen Angst. Zum ersten Mal gingen wir allein raus in
die Nacht. Heimlich. Um was Verbotenes zu tun.

Noch konnten wir zurück. Wir mussten nur den Rucksack wieder auspacken und unsere Schlafanzüge anziehen. Dann wäre alles wie immer.

Das aber wollten wir nicht.

Um elf kamen Mama und Papa zurück und guckten
wie immer kurz in unser Zimmer. Da lagen wir brav
und taten so, als würden wir schlafen.

Sie gingen ins Bad und putzten sich die Zähne. Wie
immer. Sie gingen in ihr Schlafzimmer und erzählten
sich was. Dann war Ruhe.

Wir warteten noch eine Stunde, dann weckten wir
Robbie. Er rieb sich nur kurz die Augen, dann war er
hellwach und zitterte vor Aufregung.

Im Flur war es dunkel. Ich drückte mein Ohr gegen
die Schlafzimmertür. Alles, was ich hörte, war Papas
Schnarchen. Ich hob den Daumen. Katinka nickte und
schloss die Wohnungstür auf.

Wir liefen auf Zehenspitzen durchs Treppenhaus, denn
wenn uns hier jemand sah, waren wir geliefert.

Es sah uns aber niemand. Wir öffneten die schwere
Haustür – und waren draußen.

Schlau mit blau

Kapitel 43–47

1. **Welche Überschrift passt zu Kapitel 43? Kreuze an.**

   ☐ Katinka gibt klein bei

   ☐ Katinka zieht es durch

   ☐ Katinka macht das Walross glücklich

2. **Was hält Konrad von Katinkas Aktion? (Kapitel 44)**

   a) **Finde die Stelle im Text, in der Konrad Katinkas Verhalten einordnet.**

   Seite .... , Zeilen ....

   b) **Wie findet er es, dass sie während des Gewitters im Wasser geblieben ist?**

   er findet es

3. **Was erfährst du in den Kapiteln 44 und 45 über den Papa der Geschwister? Unterstreiche im Text und notiere dann in zwei Sätzen, wie du sein Verhalten findest.**

4. Formuliere Fragen zu den unter den Kästchen stehenden Antworten (Kapitel 45).

▶ Er wird rot, weil Johanna ihn ansieht, als sie sich darüber freut, dass die Geschwister noch ins Freibad kommen.

▶ Sie wundert sich darüber, dass immer wieder Leute versuchen, nachts im Freibad zu baden.

5. Was ist das Besondere in Kapitel 46, obwohl es so kurz ist? Vervollständige den Satz.

Die Geschwister haben ihre Vorsätze bereits in die Tat umgesetzt und an diesem Tag

6. Markiere die drei wichtigsten Sätze aus dem folgenden Text. Zusammen sollen sie das Wesentliche aus Kapitel 47 zusammenfassen.

Die Eltern Bukowski verbringen den Freitagabend bei Nachbarn. Dort schauen sie normalerweise einen Film und trinken Bier. Alf und Katinka beschließen, in dieser Nacht im Freibad zu übernachten, da die Eltern am nächsten Tag ausschlafen werden. Alf liest Robbie ein Buch vor, das von einem Fuchs handelt, der Bücher frisst. Um elf kommen die Eltern nach Hause und schauen noch einmal ins Kinderzimmer, wo sich die Geschwister schlafend stellen. Als die Eltern schlafen gegangen sind, warten die Kinder noch eine Stunde, bevor sie sich auf den Weg machen.

48

Draußen war die Nacht. Sie war warm, und ein Wind wehte. Wir liefen schnell hinter ein Gebüsch, für den Fall, dass jemand aus dem Fenster guckte.

Nach einer Weile liefen wir weiter, bis zu der kleinen Kreuzung. Hier gab es einen Kiosk, der noch aufhatte. Der Besitzer kannte Papa gut – auch hier durften wir nicht gesehen werden.

Als wir am Kiosk vorbei waren, taten wir so, als wäre es ganz normal, dass drei Kinder nach Mitternacht einen kleinen Spaziergang machten. Wir kamen an ziemlich vielen Leuten vorbei. Manche guckten uns verwundert an, doch keiner hielt uns auf.

Am Fluss wurde es unheimlich. Hier war es dunkel, nur ein paar Straßenlaternen waren an. Es war Hochwasser, der Fluss schwappte über das Ufer.

Wir nahmen uns an die Hand. Ich erzählte irgendwas von der Schule, damit Robbie auf andere Gedanken kam, aber er guckte bloß zum Himmel und beobachtete den Mond. Der Mond war fast ganz rund.

„In Paris ist es nachts wild und romantisch", sagte Katinka. „Am Fluss gibt es Verbrecher und Liebespaare und so was. Der Fluss heißt *Ssään.*"

Da sahen wir von Weitem Konrad unter dem Torbogen. Das war nicht gut, er fand es bestimmt nicht richtig, dass wir hier entlangliefen.

Wir machten einen Umweg und gingen eine Treppe zur Straße rauf.

Dort stand ein Polizeiwagen. Und neben dem Polizeiwagen standen zwei Polizisten, die einen Radfahrer kontrollierten.

Also mussten wir wieder runter, zum Fluss. Dort versteckten wir uns hinter einer Mauer, bis die Luft rein war. Dann gingen wir weiter. Wir begegneten auch hier ein paar Leuten, sie saßen am Ufer und tranken.

Endlich kamen wir zum Stadion. Es war ganz anders als am Tag. Meistens standen hier irgendwelche Fans herum und warteten auf die Spieler. Jetzt aber war hier niemand, wirklich niemand.

„Wohnt da jemand?", fragte Robbie.

„Wo denn, Schätzchen?", fragte Katinka.

„Auf dem Mond.“

„Nee …“

„Aber Katzen …“

„Glaub ich nicht.“

„Ich hab aber eine gesehen.“

„Von so weit?“

„Ja. Die war blau.“

Wir redeten ein bisschen über blaue Katzen – bis wir plötzlich vor unserem Freibad standen.

Die große Holztür war zu, und es war ganz still. Man konnte das Wasser vom Babybecken leise plätschern hören.

Wir gingen um die Ecke, bis zu der Stelle, wo immer die Kaninchen durchkamen. Von jetzt ab mussten wir extrem vorsichtig sein.

Das Loch im Zaun war gerade groß genug für ein Kaninchen, wenn es kein dickes Kaninchen war. Wir holten die Zange aus dem Rucksack und schnitten Stücke aus dem Zaun, was hölleschwierig war. In der Ferne bellte ein Hund. Eine Polizeisirene heulte auf. Es raschelte im Gebüsch auf der anderen Seite des Zaunes.

Schließlich hatten wir es geschafft. Katinka schlüpfte als Erste durch, dann Robbie. Als ich dran war, riss ich mir meine Jacke auf.

Nur der Mond sah uns.

49

Wir krabbelten durchs Gebüsch.

Über uns im Baum wurde eine Krähe wach und schrie. Dann war wieder alles still.

Wir versteckten uns hinter dem dicken Stamm, von hier aus konnten wir das Walrosshaus sehen. Alle Fenster waren dunkel. Aber man konnte ja nie wissen, ob das Walross nicht heimlich auf der Lauer lag. Fast kam es mir so vor, als könnte ich unsere Herzen pochen hören, so aufgeregt waren wir.

Vorsichtig schlichen wir über den Rasen zum nächsten Baum. Dort versteckten wir uns wieder. Wir beobachteten das Walrosshaus. Wir mussten jeden Moment damit rechnen, dass wir entdeckt wurden.

Wir schlichen von Baum zu Baum, bis unter die Rutsche.

Dort hatten wir Deckung.

„Ich muss mal Pipi", flüsterte Robbie.

„Kannst du nicht warten?", flüsterte ich zurück.

„Nee … Ich muss ganz doll."

Er verschwand auf die andere Seite der Rutsche und pinkelte. Weil es so still war um uns herum, konnten wir ihn ganz genau hören – das war lustig, und Katinka kicherte. Wir schlichen weiter. Bis wir vor dem Nichtschwimmerbecken standen. Der Mond spiegelte sich darin, das Wasser war glatt wie eine Haut.

Da, wo wir jetzt standen, hatten wir keine Deckung mehr. Wer jetzt aus einem der Fenster im Walrosshaus guckte, sah drei Kinder, die sich ihre Hosen und T-Shirts auszogen. Darunter hatten sie ihre Badesachen an.

Wenn überhaupt jemand guckte, war es das Walross persönlich. Wir mussten mit dem Schlimmsten rechnen. Aber sogar das Schlimmste war uns im Moment egal.

Plötzlich fühlte ich mich so gut! Die Luft war warm, der Wind wehte, der Mond brachte das Wasser zum Glänzen. Ich guckte auf Katinka und Robbie – und wusste, ihnen ging es genauso.

Ich sprang vom Beckenrand ins Wasser, das machte Lärm, aber ich konnte nicht anders. Katinka sprang hinterher. Robbie nicht – aber er rannte ins Wasser wie ein junger Hund und tat so, als würde er kraulen. Alles war perfekt und richtig, das Freibad gehörte uns, den Bukowskis ...

Wir spielten U-Boot, spritzten, prusteten und machten Quatsch. Wir legten uns auf den Rücken, ließen uns treiben und guckten in den Mond.

Bestimmt eine halbe Stunde blieben wir im Wasser, obwohl es schon sehr kalt war. Dann merkten wir, dass wir froren, und gingen raus. Wir trockneten uns ab und zogen uns an. Alles lief gut.

Zwischen den Einzelkabinen gab es einen überdachten Gang, er hatte einen Holzboden. Dort legten wir unsere Decken hin und holten die Kekse raus. Wir erzählten uns leise was, und Robbie beobachtete den Mond.

Langsam wurden wir müde. Wir hatten vor zu schlafen, bis es hell wurde, dann mussten wir zurück. Also kuschelten wir uns aneinander und machten Löffelchen*.

Der Mond schien jetzt ganz hell, alle Vögel schliefen.

„Was die wohl fressen, die Mondkatzen?", fragte Robbie halb im Schlaf.

„Mondlicht", sagte Katinka.

Ich konnte Robbie nicht sehen, aber ich wusste, er lächelte zufrieden.

Die Augen fielen mir zu.

* „Löffelchen machen" sich auf der Seite liegend aneinander kuscheln

Da hörten wir Schritte.

Sofort waren wir auf den Beinen, Katinka und ich, Robbie schlief schon fest. Wir guckten hinter der Mauer hervor – und was wir sahen, machte uns Angst.

Wir sahen das Walross! Bewaffnet mit einer Taschenlampe ging es über den Rasen, vorbei an der Rutsche. „*Oh là là*", flüsterte Katinka. „*Oh là là!*"

„Jetzt wird's eng", flüsterte ich zurück. „Extrem eng!"

Es dauerte, bis wir Robbie wach bekamen.

„Will weiterschlafen", sagte er. „Will von den Mondkatzen träumen."

„Das geht nicht, Schätzchen", flüsterte Katinka. „Das Walross kommt …"

Robbies Gesicht wurde blass, und das kam nicht vom Mond. Er hatte von uns dreien am meisten Angst vor dem Walross. Deshalb saß er jetzt da und zitterte.

„Brauchst keine Angst zu haben, *mong Scherie*", flüsterte Katinka. „Wir sind doch viel zu schlau … Uns kriegt keiner!"

Robbie gab sich Mühe, ihr zu glauben, aber er zitterte weiter.

Das Walross war jetzt bei den Sprungtürmen angelangt, es kam uns gefährlich nahe.

Wir saßen in der Falle. Wir konnten nur plötzlich losrennen und hoffen, schneller zu sein als das Walross. Der Strahl seiner Taschenlampe leuchtete auf den Rasen vor unserem Versteck.

Wir waren bereit. Bis Robbie auf die Einzelkabinen zeigte. In die Einzelkabinen ging fast nie jemand, weil sie teuer waren. Die meisten Leute zogen sich auf dem Rasen um oder in den Duschen.

„Die sind immer zu", flüsterte Katinka. „Keine Chance."

Robbie schüttelte den Kopf. „Gestern ist da ein Mann rein. Einfach so."

„In welche?", flüsterte ich.

Robbie zeigte auf die Kabine ganz hinten links.

Ich schlich mich hin und drückte gegen die Tür. Wie durch ein Wunder ging sie auf. Doch leider quietschte sie auch.

Wir sahen gerade noch, wie der Lichtstrahl der Taschenlampe sich in unsere Richtung drehte. Das war kein gutes Zeichen. Wir verzogen uns in die Kabine, wo es stockdunkel war, und machten die Tür zu.

„Ist da wer?", hörten wir das Walross rufen.

Wir quetschten uns hinter die Tür und nahmen Robbie in die Mitte. Seine Hände waren feucht und heiß.

Das Walross rüttelte an jeder Tür – wir wussten, gleich waren wir dran. Es war schrecklich.

„Ey!", hörten wir das Walross rufen. „Ich hab euch gesehen. Bleibt stehen!"

Was bedeutete das? Wir standen doch schon.

„Ich krieg euch! Verdammte Brut!"

Wir hörten es losrennen, es schnaufte.

„Stehenbleiben!", rief es.

Da kapierten wir. Es gab noch welche wie uns. Irgendwer musste sich ebenfalls ins Freibad geschlichen haben. Und das Walross hatte sie entdeckt.

„Oh, oh, oh, oh, oh!", sagte Katinka leise. Im Dunkel der Kabine klang es zehnmal so laut. „Das war haarscharf und verflucht eng!"

„Sind wir jetzt gerettet?", fragte Robbie. „Ich will nach Hause!"

„Gleich, Schätzchen", antwortete Katinka. „Wir müssen noch warten. Die Luft ist noch lange nicht rein."

Wir hörten das Walross rufen, konnten aber nicht verstehen, was. Dann war wieder alles ruhig. Junge, wir hatten so was von Glück gehabt!

Manchmal denkt sich Gott was aus, damit du nicht von einem Freibadchef in die Mangel genommen wirst. Aber noch waren wir nicht in Sicherheit.

50

Wir standen im Dunkel der Kabine und fragten uns, was wir jetzt machen sollten. Zum Übernachten hatten wir keine Lust mehr. Außerdem hätten wir sowieso nicht schlafen können. Wir mussten hier raus. Doch was erwartete uns?

Saß das Walross irgendwo auf der Lauer? Oder war es längst wieder im Bett und schnarchte?

Keine Ahnung.

Nach einer halben Stunde hielten wir es nicht mehr aus. Wir trauten uns ins Freie.

Ich guckte auf die Uhr. Es war 2.30.

Wieder quietschte die Kabinentür.

Weil es eben noch stockdunkel gewesen war in der Kabine, blendete uns jetzt das Mondlicht. Es lag auf allem: auf dem spiegelglatten Wasser, dem Metall der Rutsche, dem Rasen. Alles war wie verzaubert. Robbie stand da, mit großen Augen, wie ein Schlafwandler.

Wahrscheinlich sah er wieder die Mondkatzen. Aber dazu war keine Zeit. Wir mussten weiter.

Langsam schoben wir uns am Rand der Mauer entlang in Richtung Volleyballfeld. Es waren bloß hundert Meter oder so, aber für jemanden, der Angst hat, entdeckt zu werden, ist das grausam weit.

Die Fenster im Walrosshaus waren dunkel.

Wir liefen über den Rasen bis zur Rutsche. Dort warteten wir. Nichts regte sich. Alles blieb still.

Doch als wir das kurze Stück zum Volleyballfeld hinüberliefen, geschah es. Die Tür vom Walrosshaus wurde aufgerissen.

„Wer ist da?", schrie das Walross.

Wir versteckten uns hinter einem dicken Baumstamm. Robbie drückte sich an mich, ich spürte seinen heißen Atem.

Junge, wir hatten dermaßen Schiss! Ich wunderte mich, dass wir uns nicht in die Hosen machten.

„Los, rauskommen!", befahl das Walross. Aber es konnte uns noch nicht entdeckt haben, denn der Strahl seiner Taschenlampe zeigte in die falsche Richtung.

Langsam und ohne ein Geräusch bückte Katinka sich. Sie hob etwas auf, einen Stein, und warf ihn in

Richtung Nichtschwimmerbecken. Er prallte gegen etwas Hartes. Es klang wie Metall.

Das Walross stampfte los. „Zeigt euch!", schrie es und fuchtelte wie blöd mit seiner Lampe herum.

In diesem Moment rannten auch wir. Um-unser-Leben! Wir rannten über das Volleyballfeld bis zum Kaninchenloch.

Robbie zwängte sich als Erster durch, dann Katinka. Als ich an der Reihe war, hörte ich hinter mir das Walross. Ich bekam einen Schweißausbruch und kämpfte mich durch, wieder blieb ich mit der Jacke hängen und riss mir ein Stück heraus – aber egal.

Kaum war ich durch, war das Walross auch schon da, aber noch auf der anderen Seite. Es konnte uns nicht sehen, weil alles voller Gebüsch war.

„Ich krieg euch!", keuchte es und versuchte, durch das Loch zu kriechen.

Ich schwöre: Wenn die Lage nicht so höllegefährlich gewesen wäre, hätte ich mich gekugelt vor Lachen – so lustig war das, ich meine, ein Walross im Kaninchenloch.

Es steckte nämlich fest!

51

Es steckte fest und ächzte und war wütend. Es konnte nicht nach vorne und nicht zurück.

Wir liefen weiter, vorbei am Trainingsplatz und dann um die Ecke, in Richtung Freibadeingang.

Dort stand ein Auto. Ein sehr teures Auto, ein Porsche Panamera.

Und vor dem Porsche stand ein Liebespaar, das sich küsste. Als wir näher kamen, hörten sie uns und drehten sich zu uns um.

Es waren Lulu und seine Spielerfrau! Sie guckten uns an.

„Pardong, Mössiöö Lulu", sagte Katinka keuchend. „Wir werden nämlich verfolgt!"

Lulu guckte uns an.

„Please, help us", sagte ich.

In diesem Moment hörten wir das Walross, wie es sich am Eingangstor zu schaffen machte.

Lulu hatte verstanden. Die Spielerfrau auch. Sie machte die Autotür auf und schubste uns auf den Rücksitz. Wir legten uns flach hin, und sie warf eine Decke über uns.

Jetzt wurde das Tor aufgesperrt, wir kannten das Geräusch genau.

„He, Sie, haben Sie hier jemanden vorbeilaufen sehen?", hörten wir das Walross rufen.

„Iesch nicht verstehen", sagte Lulu.

„Ah, Sie sind das", sagte das Walross. „Warum stehen Sie mitten in der Nacht vor dem Freibad? Waren Sie etwa eben da drin?"

„Also, da hört sich doch alles auf", rief die Spielerfrau. „Was fällt Ihnen ein?"

„Ich mein ja nur", sagte das Walross. „Da war eben jemand drin. Ich hab sie fast erwischt, verdammte Hacke."

„Wir waren das jedenfalls nicht", sagte die Spielerfrau.

„Wir haben Besseres zu tun … Nicht wahr, *Scherie?*"

„*Wui*", sagte Lulu und lachte.

„Na dann", brummte das Walross. „Und falls Sie noch jemandem begegnen, geben Sie mir Bescheid!"

„Wem sollten wir denn hier mitten in der Nacht begegnen?", fragte die Spielerfrau. „Außerdem müssen wir jetzt mal los."

Sie setzten sich ins Auto und ließen den Motor an. Er brummte, wie nur ein Porsche Panamera brummen kann.

Nach einer Minute oder so zog die Spielerfrau die Decke weg.

„Die Luft ist rein", sagte sie. „Alles paletti!" Sie guckte uns nett an. „Ich bin Alena. Und ihr?"

Wir stellten uns vor.

„Wart ihr das, die im Freibad?", fragte sie.

Wir erzählten ihr alles, während Lulu durch die Nacht fuhr. Er guckte uns manchmal im Rückspiegel an und grinste.

„Iesch auch so was schon mal machen", lachte er. „Wenn wir waren klein, wir waren in die … wie heißt das … Freibad von Paris!"

„Und eure Eltern?", fragte Alena.

„Die schlafen", sagte Katinka und guckte auf Alenas rot lackierte Fingernägel und ihren Mund. „Du siehst interessant aus", sagte sie.

„Danke!" Alena lachte.

Sie brachten uns bis vor die Haustür! Das alles kam mir vor wie im Traum, wo alles anders ist, wenn man zum Beispiel fliegen kann oder auf dem Wasser gehen.

Robbie sagte gar nichts, sondern guckte immer nur auf das Cockpit des Autos, es sah aus wie bei einem Flugzeug.

„Ich hoffe, ihr kommt unbemerkt rein", sagte Alena.

„Klar", sagte ich. So sicher war ich mir allerdings nicht.

52

Wir gingen auf Zehenspitzen das Treppenhaus rauf. Wir hatten Angst, ist ja klar. Wenn wir jetzt erwischt wurden, bekamen wir extremen Ärger.

Ich schloss auf. Im Flur war es dunkel. Katinka machte die Tür hinter uns zu. Robbie stolperte über irgendwas. Ich musste niesen.

Wir schafften es bis in unser Zimmer, zogen uns schnell die Sachen aus und sprangen in die Betten.

Ein paar Sekunden später ging die Tür auf.

„Was ist denn hier los?", hörten wir Mama leise fragen.

Wir taten natürlich so, als würden wir schlafen.

„Da war doch eben jemand im Flur."

„Ich", antwortete Robbie.

Mama setzte sich zu ihm. „Was ist denn, mein Kleiner?"

„Hab geträumt", sagte er.

„Oh! Was Schlimmes?"

„Nein. Von Mondkatzen."

„Mmh … Und was machst du dann im Flur?"

„Wollte die Mondkatzen suchen."

„Na, mein Schlafwandler, dann träum mal weiter. Aber bleib hübsch im Bett!"

„Ja, Mama."

Als sie wieder draußen war, sagten wir Robbie, wie genial er das hinbekommen hatte, er drehte sich aber weg und fing an zu weinen.

„Schätzchen, was ist denn?", fragte Katinka. „War doch bloß ein bisschen Schwindelei."

„Nennt man Notlüge", sagte ich. „Muss manchmal sein …"

Robbie schluchzte. „Mir doch egal, Schwindelei und so was!"

„Aber wieso weinst du dann?"

„Weil die Mondkatzen so weit weg sind. Ich will, dass die zu mir kommen."

„Geht nicht", sagte Katinka. „Dann gehen die doch ein. Die vertrocknen."

„Echt?" Robbie guckte sie an.

„Ja. Ohne Mond können die nicht leben."

„Ach so …" Robbie zog sich die Decke bis zum Hals und kuschelte sich ein. „Dann sollen sie bleiben, wo sie sind."

Ein paar Augenblicke später schlief er schon. Wir hörten ihn ruhig atmen.

Und auch für uns wurde es Zeit. Wir brauchten eine Mütze Schlaf, wie Papa immer sagte. Eine Riesenmütze.

Kapitel 48–52

1. **Welche der drei Überschriften passt am besten zum Text der Kapitel 48–52? Nummeriere: 1 (passt am besten) bis 3 (passt am schlechtesten).**

   ☐ Nächtliche Katastrophe

   ☐ Drei Ausreißer in der Stadt unterwegs

   ☐ Nächtliches Abenteuer im Freibad

2. **Was passiert in Kapitel 49? Lies noch einmal genau und fasse die Geschehnisse so knapp wie möglich in eigenen Worten zusammen.**
   Beachte: **Eine Zusammenfassung schreibt man im Präsens.**

Schlau mit blau

3. **Die Flucht gelingt (Kapitel 50 und 51): Was tun und fühlen die folgenden Personen? Vervollständige die Sätze.**

Der Chef des Freibads …

Der Fußballspieler Lulu und seine Freundin …

Alf, Katinka und Robbie …

4. **Wieder zu Hause: Welche Wörter fehlen hier? Ergänze.**

Um die Eltern nicht zu wecken und keinen Ärger
zu bekommen, schleichen sich die Kinder ganz
(1) _____ in die Wohnung. Leider
stolpert Robbie und Alf muss (2) _____ .
Sie schaffen es ins Zimmer und ziehen ihre Kleidung
aus. Ein paar (3) _____ später
kommt die Mutter. Doch (4) _____
schafft es, sie zu beruhigen, als er sagt, er wäre aufge-
standen, weil er von (5) _____
geträumt und sie gesucht hätte.

5. Erstelle ein Buchstabengitter, in dem die fünf Wörter aus Aufgabe 4 versteckt sind.

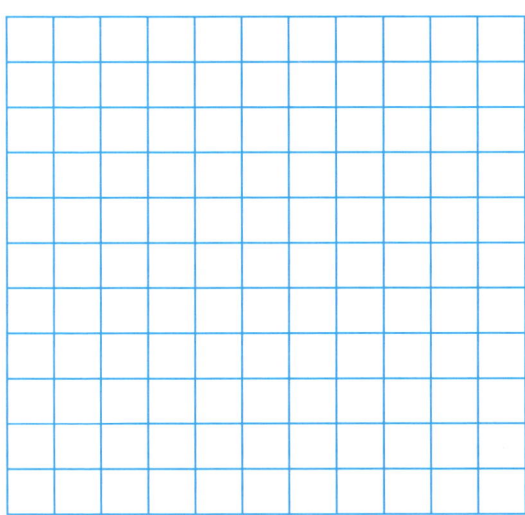

6. Stell dir vor, du wärst eines der drei Kinder. Was hätte dir an dem nächtlichen Abenteuer besonders gut gefallen? Schreibe auf und begründe.

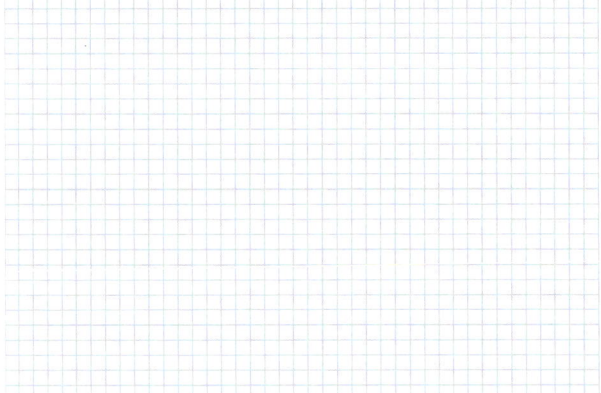

53

Am nächsten Morgen war es wie immer am Samstag, ich meine, wir saßen erst spät am Tisch und frühstückten. Papa und Mama lasen Zeitung, im Schlafanzug. Sie hatten null was mitbekommen von unserer Aktion.

Katinka redete auf Robbie ein.

„Kannst ja Flaschensammler werden, wenn du unbedingt willst. Ich bin dann aber auf jeden Fall in Paris, entweder als Model oder als Spielerfrau. Oder als beides! Ich lad dich vielleicht sogar mal ein. Aber du musst vorher duschen."

„Is gut", sagte Robbie und guckte aus dem Fenster. Wir hatten ihm zwanzigmal eingeschärft, kein Wort zu sagen wegen letzter Nacht, aber man konnte ja nie wissen.

„Hast du gut geschlafen, mein süßer Schlafwandler?", fragte Mama.

„Kann sein", antwortete Robbie. „Weiß nicht. Hab ja geschlafen."

„Weißt du, was Frau Knöppke-Dieckmann zu Lara gesagt hat?", fragte Katinka. Mama schüttelte den Kopf. „Also, das war so: Lara hatte einen Lippenstift in ihrem Federmäppchen, so ganz grellrot und krass."

„Aha", sagte Mama.

„Dann hat sie mit dem Lippenstift in ihrem Rechenheft rumgemalt."

„Mmmm", machte Mama.

„Da hat Frau Knöppke-Dieckmann ihr den weggenommen, und ich hab sie angeguckt."

„Okay …", sagte Mama. „Und?"

„Da hat sie gesagt, ich soll sie nicht so angucken. Und ich hab zurückgesagt, dass das *meine* Gucke ist."

„Na ja", sagte Mama. „Sie war vielleicht ein bisschen gestresst wegen …"

„Mir doch egal, wieso die was ist", sagte Katinka.

Mama stöhnte, weil Katinka war, wie sie eben war. Papa aber lachte. Das ärgerte Mama. Sie stritten sich ein bisschen, und dann war wieder alles gut.

Es war Samstagvormittag, wir frühstückten, wir kriegten uns in die Haare, wir versöhnten uns wieder. Alles völlig normal.

Das von gestern Nacht war genial gewesen. Es war unser Abenteuer und Geheimnis. Es gehörte nur uns.

54

Jetzt fragte sich nur, ob das Walross uns nicht doch erkannt hatte. Und wenn es uns erkannt hatte: Konnte es uns irgendwas beweisen? Würde es die Polizei rufen und uns verhaften lassen?

Wir saßen in unserem Zimmer und dachten nach.

War es eine gute Idee, heute schon wieder hinzugehen? Es war ja einer der letzten Tage, wir mussten das ausnutzen, danach war Schluss.

Außerdem war es schlau. Denn wenn wir heute schon wieder aufkreuzten, hieß das doch, dass wir ein reines Gewissen hatten.

„Wir haben nämlich ein lupenreines Alibi", sagte Katinka. „Was ist denn ein Abili?", fragte Robbie.

„Das bedeutet, dass du irgendwas nicht gewesen sein kannst, weil du ganz woanders warst."

„Und wo waren wir?"

„Na, im Bett. Wo sonst?"

Als wir beim Freibad ankamen, waren wir nervös. Aber wir durften uns das nicht anmerken lassen.

Wir zeigten wie immer unsere Karte, obwohl das komplett unnötig war, es kannte uns ja eh jeder.

Da kam das Walross auf uns zu und versperrte uns den Weg.

Ich guckte auf den Boden. Da lag ein kleiner Stein. Robbie guckte nach oben, in die Wolkentiere.

Katinka guckte das Walross an, direkt in seine Augen.

„Habt ihr zufällig eine Taschenlampe verloren?", fragte es.

„Eine was?", fragte Katinka. „Eine Taschenlampe? Hier? Im Freibad? Nö. Wieso?"

Ich schüttelte den Kopf. Robbie auch.

„Umso besser für euch", sagte das Walross und ließ uns durch.

„Der denkt, der ist schlau", sagte ich, nachdem wir unsere Decke ausgebreitet hatten.

„Ist er aber nicht", sagte Robbie. „Gar nicht schlau."

Jetzt kam Johanna über den Rasen gegangen. Sie hatte rote Jeans an und ein blaues T-Shirt.

„Hallo", sagte sie und guckte dabei Katinka an. Mich nicht.

„Was macht ihr so?"

„Mal sehen", sagte Katinka.

Johanna setzte sich. Neben Katinka. Nicht neben mich.

„Gestern Nacht war hier voll der Alarm. Da waren wieder Leute hier. Papa hat sie fast erwischt."

„Versteh ich nicht!", sagte Katinka. „Was die bloß immer hier wollen, diese Leute!"

„Baden und Spaß haben", sagte Johanna.

„Kommst du mit ins Wasser?", fragte ich sie. Ich hatte das gar nicht vorgehabt, es kam einfach so aus mir raus.

„Ins Wasser?" Johanna guckte mich an, als hätte ich sie gefragt, ob sie Lust hätte, eine Vogelspinne zu streicheln.

„Das ist eklig kalt", sagte sie.

„Och, ich find das noch ganz okay", sagte ich. In Wirklichkeit hatte ich auch keine Lust.

„Na gut", sagte sie. „Aber nur ganz kurz."

Sie ging ins Haus, um ihren Badeanzug anzuziehen.

„*Oh là là!*", rief Katinka, so laut, dass alle es hören konnten.

„*Oh là là!* Alf hat schon wieder ein *Rendezvous!* Diesmal im Wasser! Das ist *trä elegong!*"

Ich boxte sie auf den Arm, aber sie lachte nur und machte einen Kopfstand.

Das Wasser war wirklich schweinekalt. Ich tat aber so, als wäre ich megaabgehärtet und fände kaltes Wasser genial. Johanna schwamm neben mir her, im großen Becken. Sie sah toll aus, ich meine, wie sie sich bewegte, und ihre langen Haare, ihre großen Augen, ihr Mund.

„Ich geh gleich wieder raus", sagte sie. „Mir ist kalt!"

„Ich mag kaltes Wasser", schwindelte ich. „Von mir aus könnte es noch kälter sein."

„Na, dann erfrier mal schön", sagte sie und stieg aus dem Becken.

„Nee, ich komm mit", sagte ich schnell.

Sie guckte mich an.

Ich überlegte, wie ich es hinbekommen sollte, sie zu uns nach Hause einzuladen. Wenn hier Schluss war, würde ich sie nicht wiedersehen, und zwar bis zum nächsten Sommer. Dann hörte ich auf zu überlegen und sagte einfach: „Besuch mich doch mal. Ich schreib dir auf, wo wir wohnen."

„Okay …", antwortete sie. So, dass man nicht wissen konnte, ob sie sich freute oder nicht. Junge, du wirst einfach nicht schlau aus den Mädchen!

Als wir wieder zurückkamen zu unserer Decke, saßen da Amadou, Abdoul und Issouf. Bei Katinka! Sie las ihnen was vor. Robbie schlief.

„Was liest du da?", fragte ich.

Sie guckte mich arrogant an. „Was Französisches natürlich", sagte sie. „Hör lieber weg!"

Es war eine französische Sportzeitung, die die drei mitgebracht hatten. Katinka hielt sie sich vor die Nase und las laut vor. Um anzugeben.

Andauernd machte sie Fehler – und die Jungs verbesserten sie jedes Mal. Es ärgerte sie, das sah ich sofort. Ich fand es gut, dass sie nicht so super war, wie sie dachte. Andererseits war ich auch stolz auf sie, weil sie sich Französisch ganz allein beibrachte, ohne Lehrer und obwohl sie gar nicht musste. So war es andauernd: Sie ging mir auf die Nerven und ich fand sie toll, beides.

Plötzlich standen die drei Jungs auf und gingen weg. Die Zeitung nahmen sie mit.

„Das war ein total bescheuerter Text", sagte Katinka. „Gar nicht so richtig französisch. Ich kann nämlich jeden Text vorlesen, wenn er von Lippenstiften handelt oder von Paris. Fußballtexte sind nur was für Trottel!"

55

Auf dem Rückweg trafen wir Konrad. Er stand am Fluss und guckte auf die Wellen. Neben ihm stand sein Wagen, in dem drei oder vier Flaschen lagen, mehr nicht.

„Das sind aber wenig", sagte Robbie.

Konrad nickte. „Ja, Kleiner, du musst dir echt noch mal überlegen, ob du wirklich Flaschensammler werden willst. Das ist nämlich manchmal ziemlich hart …"

„Warst du das schon immer?", wollte Katinka wissen.

„Nee", sagte Konrad. „Ganz früher war ich Elektriker. Danach auch mal Pförtner. Im Hafen hab ich auch schon gearbeitet. Und als Fernfahrer, aber das hab ich euch ja schon erzählt."

Ich wusste nicht genau, was ich später mal werden wollte. Vielleicht Rennfahrer. Oder Feuerwehrmann. Oder am besten: Profifußballer. Mit Johanna als Spielerfrau! Aber das war ja erst später. Jetzt war erstmal der Boxclub dran.

„Wie war's im Freibad?", fragte Konrad.

„Gut!", sagte ich. Stimmte ja auch. Jedenfalls für mich.

„Bescheuert", sagte Katinka.

„Mmmh", machte Konrad. „Ich muss jetzt mal los. Noch ein paar Flaschen suchen …"

„Darf ich mit?", fragte Robbie.

„Nee, Kleiner, du musst nach Hause, ins Bett!"

„Aber ganz bald komm ich und helf dir."

„Geht klar", sagte Konrad und verbeugte sich vor uns.

„Bis dann, ihr drei! Und passt auf euch auf!"

Zu Hause gab es Abendessen. Wir saßen alle am Tisch und redeten. Katinka regte sich immer noch auf, wegen der Sache mit dem Fußballtext. Papa lachte und strich ihr über den Kopf. Mama meinte, dass man alles vorlesen können muss, wenn man eine Sprache lernt, auch das, was einen nicht interessiert.

„Das gehört eben dazu", sagte sie. „Die Welt besteht nicht nur aus Mode und Schminke."

Katinka guckte sie böse an.

„Übermorgen ist letzter Freibadtag", sagte ich. „Danach will ich in das Boxstudio an der Ecke."

„Weiß ich doch, mein Großer", sagte Papa. „Ich hab mir gedacht, wir gehen da nächste Woche mal hin und gucken uns das an."

Das fand ich gut. Ich stellte mir vor, wie stark ich bald sein würde. Niemand würde sich mehr trauen, mir dumm zu kommen. Ich würde tierisch Muskeln haben. Und Fäuste aus Eisen.

„Ich will in einen Modelclub", sagte Katinka.

Ich lachte. „In einen was?"

„In einen *Mo-del-club*." Sie wiederholte jede Silbe. „Du bist so schrecklich schwer von Begriff, darum kannst du dir so was auch nicht vorstellen. Da lernt man, was ein Model alles können muss. Dann kann man auch ganz leicht bei *Germany's next Topmodel* mitmachen."

„Woher weißt du das denn alles so genau?", stöhnte Mama.

„Das sind so Sachen, die ein Mädchen in meinem Alter eben weiß", antwortete Katinka.

Mama guckte sie an wie einen Alien.

„Und natürlich muss ich weiter Französisch lernen. Jeden Tag! Man muss einen eisenharten Willen haben, merkt euch das!"

Sie legte eine Scheibe Käse auf ihr Brot und lächelte uns an. Sehr cool. Sehr arrogant. So konnte das nur Katinka.

„Und du, Robbie?", fragte Mama. „Was wird aus dir, wenn das Freibad zumacht?"

„Weiß nicht", sagte er. „Mal sehen. Irgendwas wird ja andauernd."

Wir guckten ihn an, Mama, Papa, Katinka und ich. Wir liebten ihn so sehr, unseren Robbie. Weil er so Sachen sagte, die man nicht richtig verstand. Und weil er manchmal wie eine Katze irgendwohin guckte, obwohl da eigentlich nichts war.

56

Dann war übermorgen. Der letzte Tag. Es war plötzlich wieder warm, wie im Hochsommer. Uns war ganz feierlich zumute, als wir an der Kasse standen und zum letzten Mal unsere Karte zeigten, aber die Frau guckte uns nur gelangweilt an und winkte uns durch.

Das Walross stand an seinem Kaffeetisch und rauchte. Wir taten so, als wäre es nicht da.

„Na", sagte es. „Das war's dann wohl."

„Mmh, ja", sagte ich.

„Johanna ist heute nicht da." Das Walross lächelte mich an. Es *lächelte* mich an!!

Ich wusste nicht, was ich sagen sollte. Katinka und Robbie waren einfach weitergegangen und hatten mich stehen lassen.

„Tja", murmelte ich. „Ich geh dann mal."

„Mmh", brummte das Walross und zog an seiner Zigarette.

Wie immer breiteten wir unsere Decke aus und setzten uns hin. Es war komisch, sich vorzustellen, dass jetzt Schluss damit sein würde, für viele, viele Monate. Bis Mai, genauer gesagt. Und nächstes Jahr würden wir keine Freikarte haben, es fiel ja nicht alle naselang ein Kleinkind ins Wasser, das wir retten konnten.

Wir wollten zur Feier des Tages irgendwas Besonderes machen. Weil uns nichts Besseres einfiel, beschlossen wir, dass ich noch mal vom Zehner springen würde. Katinka wollte tausend Meter kraulen. Und Robbie vier Bahnen schwimmen, im großen Becken.

Auf dem Sprungturm war ziemlich viel los, eine Menge Kinder standen da oben, und auch Jugendliche.

Es war das erste Mal, dass ich springen würde, wenn so viele Leute mir dabei zusahen. Sonst hatte es ja immer geregnet, und es war fast niemand da. Ich bekam plötzlich Angst und wollte nicht.

„Erstmal duschen", sagte ich. „Und dann mal sehen …"

„*Oh là là!*", rief Katinka. „*Katastroff! Mössiö* ist feige!"

Sie ging mir so was von auf die Nerven!

„Sei gefälligst mal mutig, *Mössiö!*"

Robbie kniff die Augen zusammen.

„Is ja gut", sagte ich.

Ich stieg die Leiter rauf. Als ich oben war, guckten mich alle an, besonders die größeren Jungs. Auch ein paar Mädchen waren da. Ich kam mir klein und mickrig vor, aber das würde sich ja bald ändern.

Mann, ich war dermaßen nervös! Ich hatte Lust, mich am Geländer festzuhalten, aber da standen schon welche. Also ging ich fast bis zum Rand. Drei Jungs saßen da und guckten runter, ins Becken.

Ich stellte mich neben sie.

„Springt ihr?", fragte ich.

„Ja, klar", sagten sie. „Gleich. Ist so cool hier oben."

Ich merkte, dass sie in Wahrheit Schiss hatten, aber ich sagte nichts.

Unten standen Katinka und Robbie und winkten hoch, jedenfalls Katinka. Robbie war in den Wolken.

Wenn ich noch länger nach unten guckte, würde es nichts mehr werden heute.

Ich ließ mich fallen und zischte durch die Luft, der Himmel war blau, blau, genau wie das Becken, in das ich jetzt eintauchte.

Und als ich die Augen aufmachte, noch unter Wasser, waren da plötzlich Katinka und Robbie, sie tauchten neben mir mitten im Sprungbecken und lachten und winkten mir zu. Wir waren die Bukowskis, wir hatten einen genialen Sommer verbracht, mit allem, was ein Sommer braucht. Wir waren, wie wir waren: Robbie, Katinka und ich.

Ich stieg aus dem Wasser und war zufrieden: mit mir, mit dem Sprungturm, dem Becken, der Sonne und dem Wind. Katinka schwamm ihre tausend Meter, Robbie fünf Bahnen. Er sah dabei so aus, als wäre ihm das alles egal, er guckte wie ein Tier, das nichts denkt. Als er fertig war, wollte er Pommes und Eis, und genau das wollten wir auch. Wir saßen auf unserer Decke, aßen die Pommes und das Eis – und sagten nichts. Was sollten wir auch? Es war der letzte Tag hier, der Freibadsommer war zu Ende.

Wir sahen dem Walross zu, wie es sich mit Adil unterhielt. Wir sahen Amadou, Abdoul und Issouf, die bei zwei Mädchen standen und lachten. Wir sahen sogar Thorben und seinen Vater, sie saßen vor dem Kiosk und aßen Bratwurst. Nur eine fehlte. Johanna.

Es wurde Zeit zu gehen. Wir packten unsere Sachen zusammen. Gleich neben den Sprungtürmen hatten das Walross und seine Kollegen Tische aufgestellt und einen großen Grill.

Sie machen Party, wenn hier alle weg sind, dachte ich und rollte mein Handtuch zusammen.

Da kam Adil auf uns zu. „Wollen kommen?", fragte er.

„Wohin?", fragte ich zurück.

„Chef machen grillen für Sommerende."

Wir guckten ihn an.

„Für Gäste, die immer hier."

War das etwa ein Trick? Wollte das Walross uns verhören, wegen der Geschichte in der Nacht?

Wir überlegten. Wir hatten noch ein bisschen Zeit, eine Viertelstunde. Und es roch lecker nach Wurst und Steak.

„Wir nehmen die Einladung gerne an", sagte Katinka. *„Merssie bjäng!"*

Eine Menge Leute standen unter dem Sprungturm und aßen. Die meisten hielten Bierflaschen in der Hand. Wir kannten sie, es waren die, die den ganzen Sommer über hier gewesen waren, auch die netten Omas. Wir waren die einzigen Kinder.

Wir konnten uns nehmen, was wir wollten, und das taten wir auch. Zum Essen tranken wir Limonade. Dabei sahen wir auf die Becken, in denen nun niemand mehr schwamm, das Wasser war spiegelglatt.

Plötzlich schlug das Walross mit einem Messer gegen seine

Bierflasche. Alle hörten auf zu reden und guckten es an.

„Wieder geht eine Schwimmbadsaison zu Ende",
begann das Walross seine Rede. Dabei sah es ganz
freundlich aus, so kannten wir es gar nicht.

„Schön, dass ihr alle so oft hier gewesen seid, auch wenn
das Wetter manchmal ziemlich mies war!" Alle nickten.

„Aber wenn man im Wasser ist, ist das ja egal", sagte
das Walross weiter. „Da wird man ja sowieso nass." Alle
lachten. „Bis nächstes Jahr also!" Es hob seine Flasche
und prostete allen zu. Alle prosteten zurück. Ich auch.

Ein Mann neben uns hielt in der einen Hand eine
Bratwurst, in der anderen eine Bierflasche und eine
Zigarette, alles zusammen. Katinka guckte ihn an.

„Is was?", fragte er.

„Pass auf, dass du nicht in deine Flasche beißt und
an der Bratwurst ziehst und deine Zigarette runter-
schluckst", sagte Katinka.

Ein paar Leute lachten. Der Mann aber nicht.

Für uns war es jetzt Zeit zu gehen. Wir guckten noch
einmal in die leeren Becken, die nur darauf warteten,
dass jemand hineinsprang.

Los, kommt doch, riefen sie uns zu.

Wir nahmen Robbie in die Mitte und gingen Hand in
Hand über den Rasen in Richtung Ausgang.

57

So ging der Sommer zu Ende. Es war ein komisches Gefühl, am Nachmittag nach der Schule nicht mehr schwimmen zu gehen. Ein paar Tage lang hingen wir einfach nur zu Hause rum und wussten nicht, was wir anfangen sollten mit den vielen Stunden zwischen der Schule und dem Ins-Bett-Gehen.

Aber es musste ja weitergehen, ich meine, das Leben. Und dann kam der Tag, an dem ich mit Papa zum Boxstudio ging.

In der Halle roch es heftig nach Schweiß. Ein Mann kam auf uns zu, mit Boxerhaarschnitt. So was wollte ich auch haben, so bald wie möglich.

„Ich bin Hamid", sagte er und gab uns die Hand. Uns beiden. „Ich bin der Chef hier."

Papa erklärte, dass wir gern mal beim Training zugucken wollten.

„Klar, kein Problem", sagte Hamid.

Ein paar Tage später meldete mich Papa an.

Ich könnte immer so weitererzählen. Von Johanna, wie
sie zum ersten Mal zu uns kam und dann immer wieder.
Von Robert, wie er mein bester Freund wurde.
Oder von Katinka. Sie bekam eine Nachhilfelehrerin
in Französisch, obwohl Mama und Papa eigentlich kein
Geld für so was hatten. Die Nachhilfelehrerin hieß
Lucie und war eine echte Französin.
Und auch von Robbie, ich meine, wie er anfing, auf
der Straße Flaschen aufzulesen. Oder von seinem Fahr-
radunfall, weil er wieder mal in den Himmel geguckt
hatte. Seitdem müssen wir uns immer einen Helm auf-
setzen.

So viel ist passiert und passiert andauernd weiter.
Zum Glück.

Hier ist eine kurze Liste über alles, was toll ist im Freibad.

- ≈ Morgens ankommen, und es ist noch ganz leer. Niemand ist in den Becken, das Wasser ist spiegelglatt.
- ≈ Arschbomben, bei denen es nur so spritzt.
- ≈ Krähen, die Pommes finden und damit wegfliegen.
- ≈ Barfuß durchs weiche Gras gehen.
  Oder durchs nasse Gras.
- ≈ Sonnenflecken im Wasser. Oder auf dem Boden vom Becken, wenn die Sonne funkelnde Muster macht.
- ≈ Am Beckenrand liegen und die Augen zumachen. Dann kann man das Plätschern des Wassers hören und die Leute, die sich was zurufen.
- ≈ Nach dem Schwimmen schwer sein und müde.
- ≈ Der Kiosk. Die Fruchtschnecken für zehn Cent. Und zu den Pommes immer Mayo und Ketchup umsonst.
- ≈ Die Rutsche, wie sie glänzt im Regen.
- ≈ Die Dusche, nachdem man im eiskalten Wasser geschwommen ist.
- ≈ Der warme Wind, wie er die Haut trocknet.
- ≈ Der Geruch von Chlor auf der Haut.
- ≈ Die Abendsonne, wenn man nach Hause geht.

Kapitel 53–57

1. **Beschreibe die drei Hauptfiguren des Buchs in eigenen Worten.**

   Alf

   Katinka

   Robbie

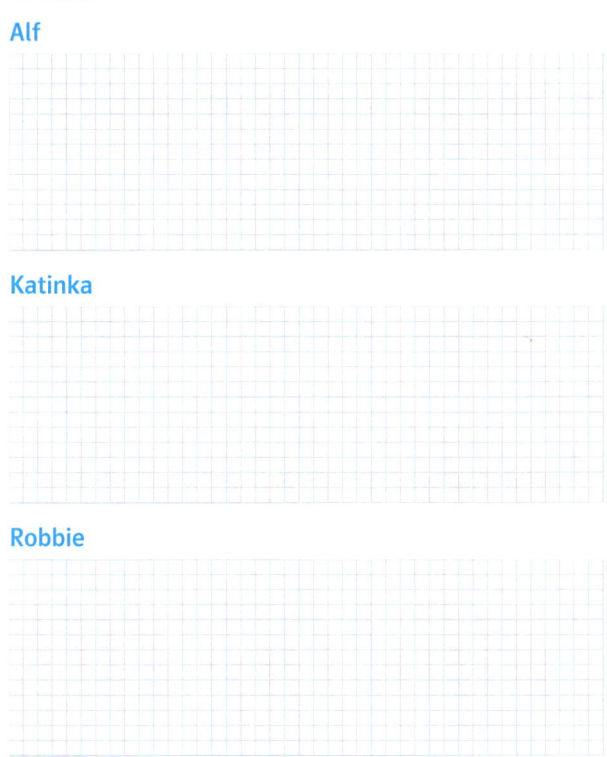

2. **Wie könnte eine Überschrift zu Kapitel 56 lauten? Überfliege das Kapitel noch einmal und schreibe auf.**

3. Was machen die Geschwister nach dem Sommer, als das Freibad geschlossen hat?
   Schreibe und / oder zeichne.

4. Lies die Liste auf Seite 235 noch einmal. Erstelle eine solche Liste mit mindestens vier Punkten zu deinem Lieblingsort bzw. deiner Lieblingsbeschäftigung.

Zum Schluss

1. **Nenne mindestens fünf Menschen, die Alf, Katinka und Robbie in ihrem Freibadsommer kennengelernt haben.**

2. **Im Buch gibt es einige Personen, die „anders" sind. Suche dir mindestens eine dieser Personen aus und notiere, warum sie „anders" ist, wer gut und wer schlecht damit umgeht.**

3. **Wie wichtig findest du die folgenden Themen im Buch? Vergib Prioritäten: 1 (sehr wichtig) bis 6 (nicht so wichtig).**

☐ Selbstvertrauen und Zielstrebigkeit

☐ Anderssein

☐ Schwimmen

☐ Sommerferien

☐ Geschwisterliebe

☐ Familie und Zusammenhalt

4. **Fasse den Inhalt des Buches so knapp wie möglich zusammen.**

5. Überleg dir einen alternativen Titel für das Buch.

6. Welche Szene ist für dich die entscheidende des Buches? Wie würde ein Bild dazu aussehen, das als Titelbild verwendet werden könnte?
Zeichne.